氷剣の魔術師が世界を統べる
世界最強の魔術師である少年は、
魔術学院に入学する
4
JN043250
御
Illust. Korie Riko
梱枝りこ

「ステラ。久しぶりだな」

「お兄ちゃんだ！　やったー！

今回はどれくらいいるの？」

レイ＝ホワイト
ステラ＝ホワイト

ステラ＝ホワイト。
血は繋がっていないが、俺たち兄妹の絆は
本物であると自負している。
アリアーヌ＝オルグレン

「え」

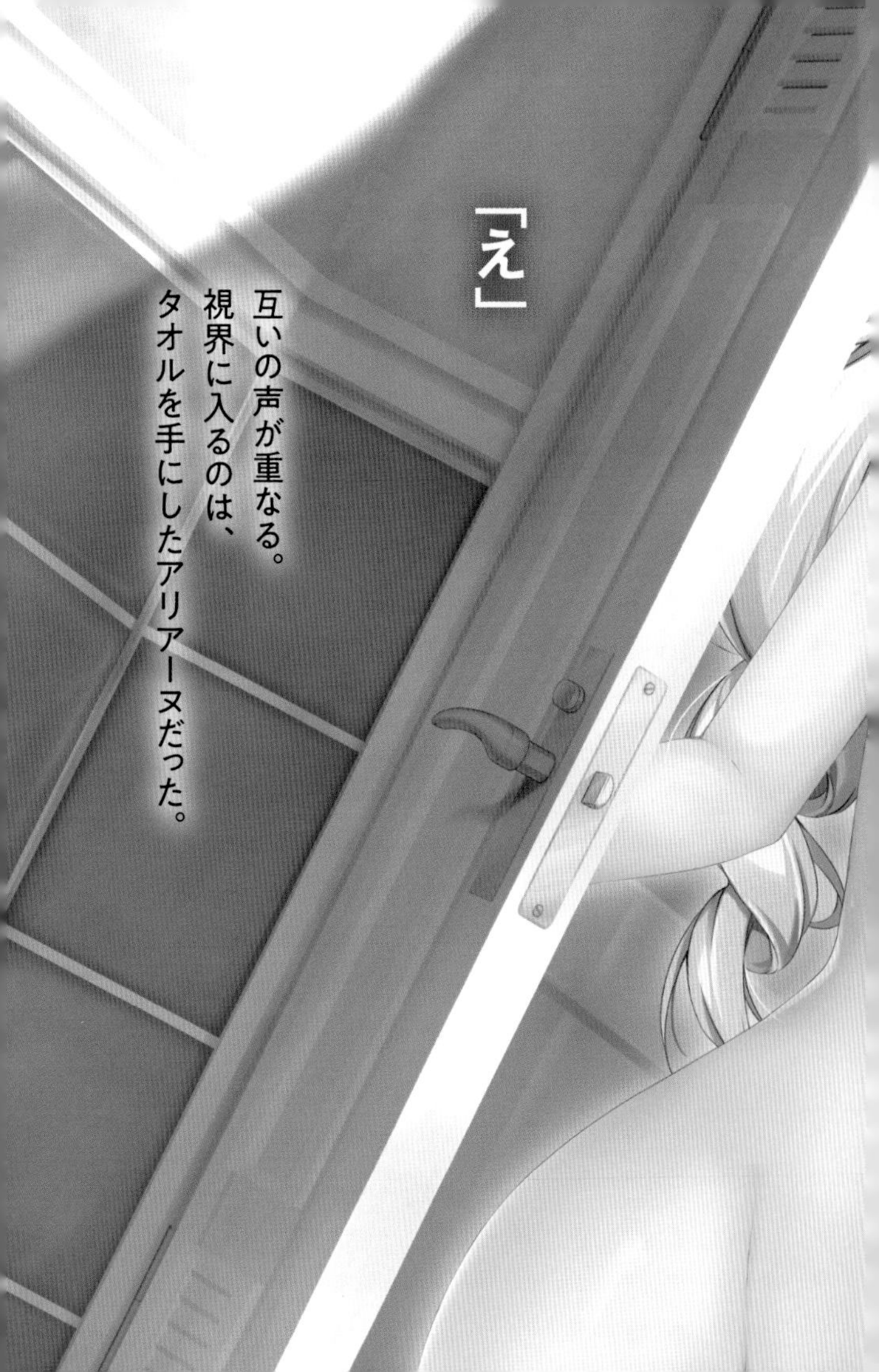
「え」
互いの声が重なる。
視界に入るのは、
タオルを手にしたアリアーヌだった。

わたくしたちは、友人。
かけがえのない、友人ですわ。
この友情の果てには、
何が待っているのでしょうか。
それはきっとこれから、
この先の未来の中で知っていくのでしょう――。

アメリア＝ローズ
レベッカ＝ブラッドリィ
オリヴィア＝アーノルト

CONTENTS

プロローグ　アリアーヌの想い　p11
第一章　大規模魔術戦（マギクス・ウォー）への誘い　p14
第二章　アリアーヌとの特訓　p65
第三章　大規模魔術戦（マギクス・ウォー）、開幕　p125
第四章　レイ＝ホワイトの実力　p165
第五章　決勝戦、開幕　p210
エピローグ1　友情の果てに　p279
エピローグ2　追憶の空　p291

氷剣の魔術師が世界を統べる4

世界最強の魔術師である少年は、魔術学院に入学する

御子柴奈々

講談社ラノベ文庫

口絵・本文イラスト／梱枝りこ
デザイン／百足屋ユウコ＋石田隆（ムシカゴグラフィクス）
編集／庄司智

プロローグ　アリアーヌの想い

「ふっ……ふっ……ふっ！」

アリアーヌ＝オルグレン。

美しい白金(プラチナ)の巻き髪を、後ろで一つにまとめている。

彼女はいつものように、トレーニングに励んでいた。

現在、ディオム魔術学院での文化祭も無事に終了し、二学期も半分が経過しようとしている。

残すところ大きなイベントといえば、十二月二十五日にある聖歌祭(せいかさい)くらいのものだ。

「アリアーヌ」

「どうしましたの。お父様」

「今年の十二月、厳密には聖歌祭の一週間前。そこで、新しい催しが導入されることになった」

「新しい催し……？」

ピンとこない。

アリアーヌは腕を組んで考えると、噂(うわさ)を聞いていたのを思い出す。

「もしかして……団体戦のことですの？」

「さすが我が娘だな！　ガハハ！」

　大きな声を出して笑うフォルクハルト。

　今までは、この王国の学院生にとっての大きなイベントといえば魔術剣士競技大会（マギクス・シュバリエ）がメインだったが――。

「名称は大規模魔術戦（マギクス・ウォー）」

「大規模魔術戦（マギクス・ウォー）、ですの？」

「うむ。三人一組で戦う。詳しいことは、後日発表になるはずだ」

「噂は本当でしたのね」

「うむ。それで、今回の大会。今後は分からぬが、今年に限って三人一組のチームを組むのに学院での縛りはない。これはアーノルド魔術学院の学院長、アビー＝ガーネット氏の提案だが、無事に可決された」

「灼熱（しゃくねつ）の魔術師が、そのような提案を？」

「そうだ」

「どうしてそのような話に？」

「彼女だけではない。我々もまた、ずっと思っていた」

　彼は遠くを見つめるようにして、アリアーヌに告げる。

「そろそろ、新しい風が必要だとな。どうだ、アリアーヌよ。心が躍らないか？」

「もちろん！　さいっこうに、心が躍りますわ！」

高らかに宣言。

大規模魔術戦(マギクス・ウォー)の話を聞いたときは、同じ学院で誰と組もうか考えていたアリアーヌ。

だが今は違う。

彼女はすでに、別の学院の人間と組みたいとそう思っていた。

もちろん、相手は決まっている。

「ふ。さすが我が娘。期待しておる」

「はいっ！」

こうしてアリアーヌは、新しい自分を手に入れるために意気盛んにトレーニングを再開するのだった。

第一章 ✡ 大規模魔術戦（マギクス・ウォー）への誘い

「わたくしと一緒に、大規模魔術戦（マギクス・ウォー）に出て欲しいんですの！」

「大規模魔術戦（マギクス・ウォー）？」

唐突なアリアーヌの言葉。

そして彼女は、とある資料を俺に渡してきた。

「これは……？」

「大規模魔術戦（マギクス・ウォー）の資料ですわ。実際は、明日から公開ですけれど。レイには特別ですわよ？」

「拝見しよう」

その資料に目を通す。

まず開催される時期は、二ヵ月後。聖歌祭（せいかさい）の一週間前になる。

チームは三人一組。

チーム戦では、拠点占有と攻城戦（こうじょうせん）を採用するらしい。

フィールドは拠点占有に関しては、カフカの森。

攻城戦に関しては、王国の北の最奥にある古城を使うとか。

確かにあれは今まで放置されていたものだが、これを機に利用しようということみたいだ。

さらに特筆すべきルールは、チームを組む際に、学院での縛りはないということだ。

これには流石(さすが)に、俺も驚いてしまう。

「アリアーヌ」

「なんですの？」

「学院での縛りがない。本当なのか？」

「ええ。間違いありませんわ。学年の枠もありませんわ」

「そうか」

にわかには信じがたい話だ。

今は三大貴族のアメリア、レベッカ先輩、アリアーヌとも親交があるからこそ、貴族の体質はある程度理解している。

保守的で伝統と血統を重んじる。それが、今の貴族の在り方だ。

その上で、このような革新的な案を採用するとは考えがたい。

いや、言い過ぎかもしれないが保守的なこの社会で、新しいイベント。

さらには、新しいルール。

もしかすれば俺の知らないところで、色々な思惑があるのかもしれない。

「なるほど。概要は理解した」

そう言って俺は、その資料をアリアーヌに戻す。

彼女はキラキラとした瞳で、俺のことを見つめてくる。

心なしか、白金の髪もまた艶々としているような気がした。

「わたくしとレイ。さらには、アメリアで出場しましょう！　目指すは優勝ですわ！」

「少し、待ってほしい」

とりあえず興奮しているアリアーヌを落ち着かせる。

「なんですの？　とりあえず、早くアメリアのところに向かいますわよ！」

と、意気盛んに女子寮に向かうアリアーヌだが、俺は彼女の肩を軽く摑んでその場に静止させる。

「どうしたんですの？」

「アメリアの参加は理解できる」

「ええ！　アメリアはわたくしたちのチームには必要な人材ですわ！」

「どうして俺なんだ？　特に実績もないが」

彼女は俺が氷剣の魔術師ということは知らない。

一般人である俺を、誘うのはどうしてだろうか。

もしかしてアリアーヌは、何か知っているのか？

「レイにはアメリアを導いた実績がありますわ！」

高らかにその大きな胸を張って、そう宣言する。

「今回の件に当たって、レイのことは聞いて回ったんですの。アメリアをどうやって鍛えたのか」

「ほぅ……」

まずは話を聞いてみることにした。

アリアーヌはいい人間だが、三大貴族の令嬢。

気をつけておくに越したことはないだろう。

「聞けば、かのエインズワース式ブートキャンプを実行したとか」

「そうだな。ある程度は調整したが、アメリアはあの訓練を乗り切った」

エインズワース式ブートキャンプは軍隊では有名なメニューである。ディオムでも挑戦する者はいると聞く。アリアーヌが知っていても、全く不思議ではなかった。

「ふふふ。やっぱりそうでしたのね。そして、レイの実戦能力は随一とも聞きましたわっ！」

じっと俺のことを見据える。

その顔は、どこか得意げだった。

「レイが只者（ただもの）じゃないのは、もう分かっていますのよ？」

ニヤリと笑うアリアーヌ。

そして俺は、軽く肩をすくめる。

「敵わないな。アリアーヌには」

「ふふっ……でしょう？」

今度はにこりと、魅力的な笑顔を見せる彼女はとても美しかった。

回りくどいことはせずに、ただまっすぐそう言ってくるアリアーヌの性格は、やはり好感のもてるものだ。

氷剣のことは知らずとも、俺のことを評価してくれているということか。

「それで、参加してくれますの？」

考える。

俺は、参加しても良いのだろうか。

今の状態としては、正直なところ悪くはない。

先輩の件を経て、俺の能力は確実に戻りつつある。

今まではただ静観しているだけだった。

しかしあの魔術剣士競技大会（マギクス・シュバリエ）を観戦して、俺もまた戦ってみたいと思ったのは間違いない。

今のところ、前向きな返事をしても良いのではないかと思った。

「そうだな。せっかくの誘いだ。参加してみたいと思う」

「本当ですの！　では、改めてよろしくお願いしますわ」

「あぁ。よろしく頼む」

俺たちは握手を交わすのだった。

その後、二人でアメリアの自室へと向かう。

おそらくこの時間は、寮にいるはずだ。

「その……どうしてレイが部屋の場所を知っていますの？」

怪訝(けげん)な表情で、アリアーヌがそう尋ねてくる。

「魔術剣士競技大会(マギクス・シュバリエ)の時には、早朝に迎えに行ったことがあったからな。といっても、朝からうるさいということですぐに禁止されてしまったが」

「ふふ。レイらしいですわね」

そんな会話をしていると、アメリアの部屋にたどり着く。

女子寮に入るのは基本的には禁止されているが、セラ先輩に事情を話すと「今回は特別に良(い)いわよ。でも、他の生徒にバレないようにしなさいよ」と、言われた。

そのため、細心の注意を払ってこうして歩みを進めている。

「ここだ」

「では、わたくしが。アメリア、わたくしです。アリアーヌですわ」

アリアーヌがそう言いながらノックをすると、すぐにドアが開いた。

「アリアーヌ？　って……あれ？　レイもいるの？」

「あぁ」

「ふーん。レベッカ先輩の次は、アリアーヌなの？」

じっと半眼でアメリアは俺のことを見つめてくる。

「なんのことだ？」

「別に！　まぁ、入ってよ」

アリアーヌと二人、アメリアの自室へと入る。

基本的には寮の部屋に変わりはないが、アメリアは一人部屋なので広々としている印象だった。

「二人とも座って。どうせあのことでしょ」

と、座るように促され、俺たちは席につく。

そしてアメリアが三人分の紅茶を淹(い)れて持ってきてくれる。

それをテーブルに置くと、三人で話し合いを始める。

「単刀直入に言いますわ。わたくしたちと、大規模魔術戦(マギクス・ウォー)に出て欲しいんですの！」

アメリアはその言葉を聞くと、少しだけ考える素振りを見せる。

「まぁ、私は別に良いけど……その。ここにレイがいるってことは――」

「師匠に相談する予定だが、俺は出たいと思っている」

「調子はいいの？」

「個人的な所感だが、悪くはない」

「そっか」

二人でそんなやりとりをすると、アリアーヌがそれに入ってくる。

「レイはどこか調子が悪いんですの？」

「それは――ねぇ、レイ。もしチームを組むなら、アリアーヌにもちゃんと説明しておいたら？　色々と事情はあるかもしれないけど、周りにバラすような性格じゃないと思うし」

「そうだな」

アメリアが言っているのは、俺の過去のこと。

さらには、当代の氷剣の魔術師であることだろう。

確かにチームを組む上で、俺の素性は話しておいた方がいいとは思う。

あまり広がるのは困るが、アリアーヌは人の秘密を安易に広めるような人間ではない。

アメリアもそう言っているし、俺も彼女のことは信用している。

そして俺は決断した。

今までの件を経て、友人には誠実に向き合いたいと思っているからだ。

「確かに、ちゃんと話しておくべきだろう」

「？　なんの話ですの？」

俺は隣にいるアリアーヌの方に顔を向けると、その美しい瞳を見つめながら、こう言葉にした。

「アリアーヌ。俺は、当代の氷剣の魔術師だ」

「え？」

ポカンとした表情を浮かべるアリアーヌ。

「ちょっと待ってくださいまし。わたくしの聞き間違いかもしれませんので、もう一度お願いしますわ」

「俺が当代の氷剣の魔術師だ」

「……」

相変わらず、信じられないという顔をしている。

「信じられないか？」

そういうと、アリアーヌはチラッとアメリアの方を向いた。

「アメリアは知っていましたの？」

「うん。でも私が知ったのは、偶然だったけど」

「いつ頃ですの？」

「一学期の終わりくらい。魔術剣士競技大会（マギクス・シュバリエ）の前かな」

「……ですわ」

ボソリと何かを呟（つぶや）いたアリアーヌだが、俺とアメリアはそれを聞き取ることができなかった。

「すまない。アリアーヌ、もう一度言ってくれ」

と、俺がそう言うのと同時にアリアーヌはその場に勢いよく立ち上がった。

「ずるいですわ！」

アメリアを指差して、彼女は一際大きな声で糾弾を始める。

「アメリアがレイと訓練していたのは、噂に聞いていましたわ。でもどうして、レイに教えを請うたのか。わたくしはそれがずっと、ず〜っと、気がかりでしたのに……そういうことなら納得しましたが、改めて言います。ずるいですわ！」

「えっと。その……ごめんね？」

たじろぐアメリア。

一方のアリアーヌはかなり興奮していた。

「信じてくれるのか？」

突拍子もない話だが、アリアーヌは逆に腑に落ちたような顔をしていた。

「むしろ、色々と謎が解けましたわ。レイの存在は、貴族の間でも噂になっていましたので。一般人でありながら、物凄い実力の一年生がいると。アルバートに決闘で勝った話は有名ですから」

一方のアメリアは、少しだけ青い顔をしていた。

「レイも乗り気というか、あの日を思い出すと……ちょっと吐き気がするけど」

アメリアが思い出しているのは、きっとエインズワース式ブートキャンプのことだろう。あの時は、何かと理由をつけて逃亡を図っていたからな。

思えば、あれからもう数ヵ月が経過するのか。

文化祭も終了し、時間が過ぎるのはあっという間である。

「アリアーヌ」

「なんですの？」

「少し、俺の過去の話をしよう」

そうして俺は、昔のことについてアリアーヌに語る。

きっとそれは、今までの俺だったら決してできないことだった。

だがこの学院に来て、少しずつではあるが、変わることができた。

俺が自分の過去を語ると、アリアーヌはその場で涙を流し始めた。

「レイ……あなたは、そんな辛いことが。うぅ……なんていうことでしょう……ぐすっ」

その反応を見て、なんて言えばいいのか分からなかった。

しかし、アリアーヌがとてもいい人間だということは改めて分かった。

「極東戦役は初めて魔術を実戦に投入した戦争。それも史上最悪の戦争だったと聞いていますわ。その最前線に幼い頃からいたなんて……」

「仕方がない。俺は巻き込まれて、生きるのに精一杯だった」

「それで、終戦直後に氷剣の座を継いだんですの？」

「あぁ。能力は魔術領域暴走(オーバーヒート)でまだ全てを引き出せるわけではないが、氷剣としての地位を俺は継ぐ事になった」

　冷静に話を続ける。

　今となっては、こうして他者に語るのも慣れてきた。

　そして、アリアーヌはなぜか勢いよく立ち上がった。

「レイ！　勝負ですわ！」

　高らかに宣言する彼女に反応したのは、アメリアだった。

「え？　ちょ、ちょっとどうしてそうなるの⁉」

「アメリア。これは乙女の宿命ですの」

「乙女の宿命？」

　キリッと表情を締め直すと、アリアーヌは次のように語る。

「強大な相手がいれば、乙女は自分を試さずにいられないのですわ！」

「えぇ。それって、乙女っていう括(くく)りにするには大きすぎない……？」

「いいのです！　それで、レイ。受けてくれますの？　もちろんレイのことは信頼していますが、念のため実力を知りたいのです！」

「ふむ……」

別に殺し合いをしようというわけではない。

アリアーヌは純粋に知りたいのだろう。

氷剣の魔術師の実力というものを。

「分かった。構わない」

「では、早速やりますわよ！」

ということで俺たちは、三人で移動する事になった。

日が暮れるのが早くなり、今はすでに夕暮れ時。あと一時間もすれば、日は完全に沈んでいるだろう。

肌寒い風が吹いて、冬がもうすぐやってくると思うとなんだか感慨深かった。

俺たちがやって来たのは、学院にある演習場。

この時間帯は、ちょうど誰もいないのでうってつけだった。

「ルールはどうする？」

「参った、と言ったほうが負けですわ」

「なるほど」

柔軟体操を始めるアリアーヌ。

それを見て、俺もまた自分の体の状態を確認する。

「アメリア。審判を頼めるか」

「いいけど、あんまり無茶しちゃダメよ？　レベッカ先輩の時にも力を使ったんでしょ？」

「あぁ。でも、今回は能力を解放しない」

「解放しないで、アリアーヌに勝つつもり？」

「ま、やってみないと分からないさ」

そうして互いに準備を終えると、アメリアが開始の言葉を宣言する。

「じゃあ……始めッ！」

勢いよく右手をアメリアが振りかぶった瞬間、アリアーヌの姿が目の前から消えた。

「はあああああああああッ！」

雄叫(おたけ)びをあげながら迫ってくるアリアーヌの四肢は赤黒く変化していた。

鬼化(オーガ)。

魔術剣士競技大会(マギクス・シュバリエ)で彼女が見せた、物理攻撃に特化した固有魔術(オリジン)。

拳が眼前に飛んでくるが、それを躱(かわ)す。

と、次の瞬間には、かかと落としが迫ってきていた。

これは流石にガードが間に合わないので、俺はそれを真正面から受け止めた。

「おっとと……！」

声を漏らすアリアーヌは、流石に真正面から受け止められると思っていなかったのだろう。

俺は彼女の脚をしっかりと掴むと、思い切りアリアーヌを投げ飛ばした。

もちろん彼女の実力ならば、すぐに受け身を取ることができるのは想定済み。

投げ飛ばした瞬間、俺は地面を駆けていた。

勢いよく踏み締めると、すぐに内部コード（インサイド）を足に集中させる。

視線の先には、すぐに体勢を整えようとするアリアーヌの焦る表情。

彼女も理解している。

すぐに対応しなければ、俺の攻撃に対処できないと。

周囲の景色が見えなくなるほどに、加速をしていく自身の身体（からだ）。

魔術の通りは、今まで以上によくなっている。軽くコードを流しただけでも、これだけの性能を発揮できるほどに。

彼女が自分の体勢を完全に整える前に、その喉元に手刀を突きつける。

アリアーヌの眼前を起点として、風が起きる。

刹那。

フワッとその白金（プラチナ）の髪が後ろに靡（なび）く。

髪がゆっくりと重力に従って降りてくると、彼女は自分の敗北を認める。

「……ま、参りましたわ」

　尻餅をつく彼女に手を差し伸べる。

　グッと体重を支えると、アリアーヌはゆっくりと立ち上がる。

「何か特別な魔術を？」

「いや。内部コードでの身体強化のみだ」

「嘘ですわ！　内部コードだけで、あんな動きは！　それこそ、わたくしの鬼化を上回るほどなんて……！」

「事実だ。嘘偽りはない」

「なるほど。これが七大魔術師、ですのね。片鱗だけでも、わたくしを圧倒できると……」

　明らかに落ち込んでいる様子。おそらくは、もっと肉薄した戦いができると思っていたのだろう。

　蓋を開けてみればアリアーヌの完敗。

　もちろんそれは、俺が彼女の弱点に気がついているからだ。ただ真正面から力任せにぶつかっていれば、俺の敗北もあり得た。

　魔術剣士競技大会での試合を通じて、すでにその弱点は露呈していた。だからこそ、ここまで完封できたと言ってもいい。

「アリアーヌ。君には、まだまだ伸び代がある」

「本当ですの？」

「あぁ。強くなりたいか？」

「もちろんですわっ！」

「いいだろう。ならば……」

一呼吸おいて、俺はあの夏の時のようにこう言葉にした。

「エインズワース式ブートキャンプ。それも特別メニューを課そう」

すると、近寄ってきていたアメリアがビクッとその体を震わせる。

「れ、レイ？　う、嘘でしょ？　私は修了したからいいよね？　夏に終わってるよね？　アリアーヌだけだよね？　やるのは」

「あぁ。ただし、アメリアには別の訓練を課す。アメリアの場合は、肉体的な部分よりも、魔術と向き合うべきだろう。それこそ、以前よりも過酷な訓練になるかもしれない」

「……」

アメリアは顔を青くしていたが、アリアーヌは目を爛々（らんらん）と輝かせていた。

「エインズワース式ブートキャンプ！　レイが直々に教えてくれますの⁉」

「あぁ。大規模魔術戦（マギクス・ウォー）に向けて、まずは体力作りから始めよう。大丈夫だ。俺がついている。それと返事は、レンジャー！　だ。分かったか、アリアーヌ訓練兵」

「レンジャー！　ですわッ！」

「レンジャー！　って、は！」

「ふ。いい返事だ」

ビシッと敬礼をするアリアーヌ。

一方でアメリアは以前の訓練で染み付いているのか、無意識のうちに敬礼をしていた。

こうして俺たちは、本格的にトレーニングを開始するのだった。

◇

早朝。

俺は一人で部室へと向かっていた。

「レイさん。おはようございます」

「レベッカ先輩。おはようございます」

部室に入ってから、丁寧に一礼をする。

レベッカ先輩は柔らかい笑みを浮かべている。

レベッカ先輩は特に後遺症が残ることもなく、普通に学院での生活を送ることができて

いる。

婚約破棄の件は噂になっているが、それでも大きなものにはなっていない。

もう一ヵ月もすれば、聞かなくなるだろう。

今日は水やり当番ということで、早朝に部室に来たのだが……最近、妙にレベッカ先輩と当番が被る気がする。

まぁ、いつも一緒というわけではないので、気のせいかもしれないが。

「先輩。調子はいかがですか？」

「はい。おかげさまで、大丈夫ですよ」

「それはよかったです」

聖人としての力の暴走は、俺の力によって封じられることになった。

魔術も問題なく発動しているようで、安心している。

「レイさん。そういえば、大規模魔術戦に出場するとお聞きしましたけど」

「もう噂になっているのですか？」

「はい。アメリアさんとアリアーヌさんと出場するのでしょう？」

「そうですね。アリアーヌに誘われたので」

「むぅ……」

なぜかレベッカ先輩は頬を膨らませる。

「どうかしましたか？」

「レイさんの周りは、いつも女性ばかりです……」

「そうですか？　エヴィやアルバートもいますが」

「それはそれ、です」

「は、はぁ……」

口調に圧があるのは気のせいだろうか。

そして、二人で水やりをするために屋上に向かう。

「今日もいい天気ですね」

「はい。もう冬も近いようです」

早朝ということもあるが、それなりに肌寒い。

俺とレベッカ先輩は手分けをして、水やりをしていく。

「大規模魔術戦（マギクス・ウォー）の話ですが、私も出場できるなら……レイさんと一緒に出てみたかったです」

「自分とですか？」

「はい。レイさんはとっても強いですし、私も全力を出せればそれなりの結果を残せると思ったのですが」

「恐縮です。しかし、今は無理をしないでください。先輩のことが心配なので」

「そんなに心配ですか……？」

ん？

上目遣いでじっと見上げてくるレベッカ先輩。

彼女の瞳は微かに潤んでいる気がした。

それにどこか妖艶な雰囲気も感じ取られるような。

気がつけば、俺たちの距離はかなり近くなっていた。

どう返答すべきか、と考えていると後ろから聞き慣れた声が聞こえてきた。

「あ！　レイ！　やっぱりここにいたのね！」

紅蓮の髪を靡かせて現れたのは、アメリアだった。

「……」

瞬間。

打って変わって、レベッカ先輩の顔がまるで凍りついたように無表情になっていく。

「ちょっと、大規模魔術戦のことで話があるんだけど」

「分かった。水やりが終わったら、すぐに教室に行こう」

「ええ。お願いね」

アメリアとそんなやりとりをしていると、間にレベッカ先輩が立ち塞がる。

「アメリアさん。おはようございます」

「……おはようございます。レベッカ先輩」

一見すれば、普通に挨拶をしているように思えるのだが、緊張した雰囲気になっているような気もする。

「レイさんでしたら、この後は私と一緒に朝食を取ってからそちらに向かいますので」

「へぇ……いつもそんなことを？　職権乱用では？」

「いえいえ。そんなことはありませんよ。えぇ」

ふむ。

なんとなくだが、この間に割って入る度胸は今の俺にはなかった。

大人しく見守ることにしよう。

「レイさんと大規模魔術戦（マギクス・ウォー）に出場するようですね？」

「はい。優勝を目指します」

「ふふ。応援していますよ。ただし、くれぐれも気をつけてくださいね？」

「分かっています。それでは、私はこれで」

アメリアが去っていく。

一連のやり取りは理解できなかったが、二人にもいろいろとあるのだろう。

「レイさん。それでは、私たちも戻りましょうか」

「はい」

部室に戻っていく途中。

レベッカ先輩はボソリと呟く。

「しばらくは大会の練習で忙しくなるので、部活にはあまり出られませんね」

「すみません」

「寂しく……なりますね」

顔を俯かせているレベッカ先輩は、とても残念がっているようだった。

先輩にそんな顔をさせてしまうのは、申し訳ない。

いつもの明るい顔がすっかり暗くなってしまっている。

「それでは、できるだけ顔を出すようにはします」

「本当ですか？」

再び近寄ってくるレベッカ先輩。

打って変わって、明るい表情になる。

別に嘘ではないので、肯定をする。

「はい」

「ふふ。それは嬉しいです。レイさん。改めて、大会頑張ってくださいねっ！　応援していますからっ！」

ギュッと手を握ってくるので、俺もそれに応える。

「はい。応援ありがとうございます。優勝目指して、頑張ります」

レベッカ先輩は以前よりも明るくなった。

それだけでも十分に嬉しいし、こうして応援してくれるといってくれている。

どうやら、これは本格的にトレーニングを開始しないとな。

◇

翌日の昼休みになった。

しかし、今日はいつものメンバーは揃(そろ)っていない。

アメリアは実家の方で用事があるとかで、学校を欠席している。

アルバートとエヴィも昼休みは少し用事があるらしく、いない。

そして今は、俺、エリサ、クラリスの三人で食事をとっている。

「そういえばさ」

と、口を開いたのはクラリスだった。

いつものように、しっかりと結ばれたツインテール。

　艶(つや)やかな金色の髪はどこか神々しく見える。

　クラリスの調子は、顔色よりもツインテールを見れば分かるので、今日はとても調子が良さそうだった。

「レイは大規模魔術戦(マギクス・ウォー)に出るのよね？」

「あぁ。そのつもりだ」

「でも、大丈夫なの？」

　エリサもまた、その会話に入ってくる。

「……そうだよね。だってレイくんは」

　二人ともに俺の事情は知っている。

　確かに俺は、当代の冰剣の魔術師である。しかし、その能力は自分自身で封印している状態だ。

　一時的に解放できたとしても、それはあくまで一過性のもの。

　まだ完全に魔術領域暴走(オーバーヒート)は完治していない。

　とはいえ、予想よりも早くよくなっているのは間違いないが。

「魔術領域暴走(オーバーヒート)に関しては、まだ完治はしていない。だが、今回の大会……大規模魔術戦(マギクス・ウォー)に限っては、俺でも大丈夫だろう」

「どういうこと？」

クラリスは食べる手を止めて、キョトンとしている。

エリサもまた興味深そうに俺のことを見つめてくる。

「今回の大会は団体戦だろう？」

「そうね」

「しかも、試合はカフカの森と北の最奥にある古城も使うらしい」

「へぇ。そうなっているのね」

「魔術がうまく使えなくとも、今回は俺の経験が活きると考えている。魔術剣士競技大会と異なり、今回は団体戦。勝機は十分にある」

「そういえば、ルールってどうなってるんだっけ？　私は出場しないし、詳しくは知らないんだけど」

クラリスの質問に俺が答えようとするが、エリサが折りたたんである資料を取り出すと、それを読み上げてくれる。

一応、ルールに関しては全生徒に知らされているが、改めて確認をすることに。

「えっと。チームは三人で組むこと。それで、予選と本戦があるけど……予選は、カフカの森で拠点を取り合う試合みたいだよ」

「拠点を取り合う？　具体的には？」

「特定の場所に、時間ごとに第一質料が溢れる場所を用意するんだって。その場所で、魔道具に一定値の第一質料(プリママテリア)を貯(た)めた方が勝利、って書いてあるね」

「？　つまり、どゆこと？」

クラリスは依然として概要をつかめていないようなので、俺がさらに詳しく説明する。

「カフカの森に、ランダムに拠点が設置される。そこは六分が経過すると、拠点の位置が変わる。その拠点の中に、魔道具を持って入ることが重要だな」

「一人は、魔道具で第一質料(プリママテリア)を貯めて、残り二人でその人を守るってこと？」

「そうだ」

「なんだか大変そうね……」

ボソリと呟くが、確かにこのルールはなかなか複雑だ。

魔道具に第一質料(プリママテリア)を蓄積する。

それは、拠点ごとに設定されていて、ランダムに拠点は移り変わる。

つまりは、三人で移動しながらの戦闘になるということだ。

また拠点を占有しているときは、防御しなければならないが、拠点を占有されているときは、攻撃をしなければならない。

防御に関しては、一人が拠点占有。二人が防衛。

攻撃に関しては、三人で同時に攻撃できる。

つまりはこれだけ見れば、攻撃側の方が有利だ。

攻防としては余程の実力差がない限り、一方的な試合にはならないと予想している。

おそらく、拠点での移り変わりが激しい試合になるだろう。

個の力も重要だが、チームでの連携が何よりも重要だ。

「そうだな。しかも、拠点では魔道具は一つしか作動しない」

「ってことは、絶対に相手を拠点から押し出さないといけないのね」

「あぁ。そして、一定値まで貯めるか、制限時間が切れるときに多くの第一質料（プリママテリア）を保有していた方の勝ちだ」

「制限時間は？」

「予選は一試合三十分だ」

「なんだかすごいわねぇ」

クラリスのツインテールはぴょこぴょこと忙（せわ）しなく動いていた。

「レイくん。すごいね。もうちゃんと覚えているんだ」

「出場するからには、ルールは叩（たた）き込（こ）んである。しかし、拠点占有よりも問題は、本戦の攻城戦だろう」

俺がそう言うと、エリサはもう一度じっと資料を見つめる。

「攻城戦は、初めから攻めと守りに分かれてやるんだね」

「そうだ。攻め側は城の中に置かれているフラッグを奪って、外の所定の位置に持っていけば勝利。守り側は、フラッグを設置して、制限時間内で守り切れば勝ち。制限時間は一時間だ」

「これって、どっちが有利とかあるのかな？」

その質問に対する答えは、俺はまだ明確なものは持っていない。

こればかりは、試合をしてみないと分からないかもしれない。

「そうだな……一概には言えないだろう。それに、攻めと守りは試合前に代表者がくじを引くことで決まる。つまりは、不確実な要素が多い。どちらにも対応できるように、バランスよく訓練しておくべきだろうな」

「そっかぁ。なんだか、やることが多いね。レイくんたちは、大丈夫なの？」

「でも、大丈夫なんじゃない？　だってレイだし」

「それもそうかもね。あはは」

クラリスの言葉に、エリサは微笑を浮かべる。

今回の大規模魔術戦（マギクス・ウォー）は、俺も油断はできないと考えている。

三人のチームの構成。

得意な魔術、不得意な魔術。

さらには、この大会の性質上、身体能力があるに越したことはない。

魔術剣士競技大会（マギクス・シュバリエ）では一対一の戦いで、特に移動などの要素はなかった。

ただ真正面からぶつかればいいだけだった。

総合的な戦闘力こそが、求められるものだったからな。

一方で、今回の大規模魔術戦（マギクス・ウォー）は、拠点占有と攻城戦という特殊なルールだ。

移動しながらの戦闘。

それに、戦闘をするか、離脱を選択するか、適宜対応が求められる。

何もずっと真正面から戦っていればいいわけでもない。

あらゆる戦略を考慮した上で、戦うのがこの大規模魔術戦（マギクス・ウォー）。

戦闘力だけではなく、頭脳戦も必須となるのは自明。なかなか難しい大会になると思っている。

このルールを考えたのは、おそらくアビーさんだろう。

それは軍人時代を振り返れば明らかだった。もちろん、俺はこの手の訓練には覚えがあるので有利なのは間違いない。

だが、今回は団体戦。

残りの二人である、アメリアとアリアーヌはこのような魔術戦の経験はない。そのため、しっかりと訓練を積んだ上で大会に臨む必要がある。

やはり、どれだけ考えても一筋縄ではいかないようだ。

「いや、俺一人ならばどうにかなるかもしれないが、今回は団体戦だ。仲間との連携が大事になる。安心はできないだろう」

「そういえば、レイは誰と出るの？　アメリアは聞いてるけど」

「アメリアとアリアーヌだ」

「‼　あの、アリアーヌ＝オルグレン？」

「そうだが、何か問題でもあるのか？」

少しだけ驚いたような表情を見せるクラリス。

それは何を思ってのものなのだろうか。

「でも改めて思うと、あんたとアリアーヌって相性良いわよね。性格的に」

「クラリスはアリアーヌのことを知っているのか？」

そう尋ねるが、クラリスは上流貴族の令嬢。

おそらく、以前から交流があるのだろうと理解する。

「まぁ、パーティーとかで会うし。何度か会話したことあるけど、熱血よね」

「確かに、アリアーヌは熱いな。その、魂が」

「あんたたち二人に挟まれるアメリアはきっと大変でしょうね……」

「そこはアメリアに頑張ってもらうしかないな」

「あの魔術剣士競技大会(マギクス・シュバリエ)の訓練を知ってるから、きっと今回もすごいことになるんでしょうね」

と、その言葉を聞いた瞬間。

エリサもまたボソッと呟く。

「あれは凄かったけど……そっか。アメリアちゃん。大変だねぇ……」

「ま、私たちでフォローしてあげましょ！　ね、エリサ！」

「うん！　そうだね。色々とサポートしてあげようよ！」

二人は妙にやる気だった。

確かに、男性の俺ではアメリアのサポートを完璧にできるわけではない。同性の方が話しやすいこともあるだろうしな。

そんなことを考えながら、二ヵ月後に迫る大規模魔術戦に向けて俺はさっそく、準備を開始するのだった。

◇

休日がやってきたので、俺は師匠の家に向かっていた。

既に手紙で伺うことは伝えてある。

ただし、内容自体は会った時に話すと伝えてあるので、まだ大規模魔術戦（マギクス・ウォー）に参加するつもりということを師匠は知らない。

馬車に乗って移動し、森の中を移動していくと師匠の屋敷（やしき）が目に入る。

軽くノックをすると、いつものようにカーラさんが丁寧に一礼をして出迎えてくれる。

「レイ様。お久しぶりです」

「カーラさん。どうも。師匠は？」

「中におられます。それと、今回は別のお客様もお見えになっています」

「別の客？」

心当たりがあるのは、アビーさんやキャロルだが。

室内に入ってみると、そこには予想外の人がいた。

「やぁ。レイ＝ホワイト」

「リーゼさん、ですか」

「あぁ。驚いたかい？」

「はい。来ているとは思っていなかったので」

リーゼロッテ＝エーデン。

虚構の魔術師である彼女が、どうして師匠の家にいるのかは分からないが、大人の付き合いも色々とあるのだろう。

それに、リーゼさんがいるのはタイミング的にちょうどよかった。

「おぉ！　レイ！　また身長伸びたか？」

「伸びてませんよ。師匠は元気ですか？」

「あぁ。それで、何の用だ？」

さっそく本題に入ろうとするが、リーゼさんが声を漏らす。

「あぁ。私はいない方がいいですかね？」

「いえ。リーゼさんにもお願いがありますので、問題ありません」

「そうか。では、私も同席しよう」

そして俺は、師匠に今回の大規模魔術戦(マギクス・ウォー)について伝える。

「師匠。既に知っているかもしれませんが、今回開催される大規模魔術戦(マギクス・ウォー)に参加しようと思っております」

「大規模魔術戦(マギクス・ウォー)か。アビーから話は聞いている。いいんじゃないか？　魔術領域暴走(オーバーヒート)もかなり良くなって来ているだろう？」

「はい。では、参加してもいいですかね？」

「もとより、レイの自由にしていいさ。ま、わざわざ私に報告してくれるのは嬉しいがな」

にこりと微笑(ほほえ)む師匠。

どうやら反対されることはないようだった。

師匠と話をしていると、次はリーゼさんが会話に入って来る。

「それで、私にお願いがあるとのことだけど？」

「リーゼさんには、実は……アメリアのことを見て欲しいのです」

俺はそれから、大規模魔術戦に出場するメンバーのことを伝えた。

「ふむ……まぁ、魔術特性的にアリアーヌ＝オルグレンはともかく、アメリア＝ローズは君でも指導するのは難しいだろうね」

「はい。流石に因果に干渉する魔術は、自分も専門ではありませんので」

リーゼさんは顎に手を当てて少しだけ思案する。

「うん。いいよ。レイ＝ホワイトには借りがあるしね」

「ありがとうございます。では、アメリアには伝えておきますね」

「あぁ。場所は私の家にしよう。住所は……」

彼女は胸ポケットから一枚の紙を取り出すと、さらさらとペンで書き込みをする。

「ここだ。アメリア＝ローズに渡しておいて欲しい」

「分かりました」

同じ因果に干渉する魔術師であるリーゼさんに見てもらうのは、最善だろう。流石に俺でも、アメリアの魔術を完璧に理解できているわけではないからな。

「レイ。大規模魔術戦に参加するとのことだが、絶刀が出場するのは知っているのか？」

「絶刀――ルーカス＝フォルストですか？」

「あぁ。裏では、噂になっているらしいぞ。おそらくは、お前と戦いたいんだろう」

「……そうですね。少なからず、因縁はありますから」

ルーカス＝フォルスト。絶刀の魔術師である彼は、氷剣の魔術師である俺と戦うことを望んでいる。

どちらが最強の魔術師であるか、ということに彼は固執しているからだ。

もちろん、大規模魔術戦（マギクス・ウォー）が開催されるにあたって、そのことは予想していた。

「氷剣対絶刀ですか。非常に面白いカードですね。あくまで学生の大会でルールなどもありますが、興味深いです」

リーゼさんはそう言葉にする。

確かに、七大魔術師がぶつかり合うということはあまり見られることではないからな。

「先代の絶刀は、やけに最強に固執していた。おそらくは、当代の絶刀であるルーカス＝フォルストにも伝えているんだろうな」

「はい。でも、それならば自分も負けるわけにはいきません。師匠の功績を霞（かす）ませるわけにはいきませんから」

氷剣の魔術師は最強である。それは師匠の功績ではあるが、俺も彼女の跡を引き継いでいる以上、負けるわけにはいかないだろう。

たとえ、学生向けの大会であったとしても。

「うぅ……レイ。やっぱりお前は、師匠思いのいい奴だなぁ……」

なぜか師匠は少しだけ涙を流していた。

軍人の頃と違って、涙もろくなったなと思う。もちろん俺は、今の師匠も大好きだ。

「こほん。ともかくレイ。お前の活躍を心から楽しみにしている」

「私も観戦に行きます。レイ＝ホワイト。楽しみにしていますよ」

「はい。お二人とも、ありがとうございます」

氷剣対絶刀。

果たしてどちらの方が強いのか。

もちろん、互いに全力を出して殺し合いをするわけではないが、チーム戦という大会の枠の中では、優劣がつけられることになる。

初めは、アメリアとアリアーヌと良い大会にできればいい、と思っていたが……。

今の俺には、新しい目標ができた。

師匠のためにも、そして誰よりも自分自身のためにも、俺は絶刀の魔術師との戦いに勝つ。

昂ぶる心。

心のどこかで、絶刀との戦いを楽しみにしている自分もいた。

今までは、友人たちの勇姿を見るだけだったが、俺もまた自分にできる最善を尽くそうと改めて思うのだった。

◇

午後の授業が終了し、放課後になった。

「やってきましたわ！」

アリアーヌは放課後になると、すぐにやってきた。体力強化も兼ねて、身体強化をして走ってきているのだとか。そして、休日の前の日はアメリアの部屋に泊まるらしい。

今回の大規模魔術戦(マギクス・ウォー)に際して、学院の生徒が他の学院に移動するのは許可されている。今も出場する他学院の生徒が、この学院にいることは割と目撃する。

「レイ！　早速やりますわよ！」

「その前に、今回の大会に関して確認しておこう」

実は事前にキャロルに申請して、放課後の空き教室を利用できることになっている。

三人で空き教室に入ると、最前列にアメリアとアリアーヌが座ってから説明を始めた。

全員で共有した内容は、次の通りだ。

拠点占有では、俺とアリアーヌが前衛でアメリアが拠点に入る。

攻城戦では、アメリアとアリアーヌがペアで俺が一人で遊撃をする。

また、予選の拠点占有での固有魔術(オリジン)の使用は禁止。

今回の大会は、連戦が予想されるからこそ、過度な魔術の使用は魔術領域暴走(オーバーヒート)を引き起こす可能性があるためだ。

その他の戦術などは、これからさらに練っていく予定だ。

そして俺は最後に、二人に今後の訓練の予定を伝える。

「訓練の方針だが、アリアーヌには俺が付きっきりで教える。アメリアはチームでの連携を高めるために、合同訓練などは付き合ってもらうが、メインは別になる」

「？　私には誰か別の人がつくの？」

「あぁ」

俺はすでに話を通している人の名前を、アメリアに告げる。

「虚構の魔術師――リーゼロッテ＝エーデンさんに話を通してある。きっと、アメリアの力になってくれるだろう」

「虚構の魔術師⁉　そんな人が、私を見てくれるの？」

「同じ因果に干渉する魔術師だ。参考になるだろう」

「それは、とってもありがたいけど……」

なぜかアメリアは、じっと目を細めて俺とアリアーヌを交互に見る。

「レイとアリアーヌは、一緒に過ごす時間が多くなるのよね？」

「それはそうだな。アメリアの場合は、すでにブートキャンプをこなしている上に、必要なのは前線での戦闘力ではない。今は、固有魔術（オリジン）も含めて、魔術の技量を高めるべきと判断した」

「――レベッカ先輩の時もあるし、油断はできないけど……」

「レベッカ先輩？」

なぜここで先輩の名前が？　と思っていると、アメリアは首を軽く横に振った。

「ううん。なんでもないわ！　それじゃあ、頑張りましょう！」

「あぁ」

「ええ！　やりますわよ！」


翌日。

学内では大規模魔術戦（マギクス・ウォー）の情報で溢れ、生徒の間ではかなりの盛り上がりを見せていた。

そして、現在は昼休みになったが、俺はいつものように学食に向かうことはなかった。

昼休みになったら、屋上に来て欲しいと朝にエヴィに言われていたため、屋上へ向かった。

すると、アルバートとエヴィがそこにいた。

「レイ。来たか」

二人と対峙する。

別に敵対しているわけではない。

しかし、二人からは闘志のようなものを感じる。

「用件はなんだろうか」

その内容はある程度予想はしているが、敢えて尋ねることにした。

「俺たちは、大規模魔術戦に出場する」

アルバートの顔つきは、今までになく真剣味を帯びていた。

「そうか」

「メンバーは、俺とエヴィ。そして──」

そこから先の言葉は、俺の予想を裏切るものだった。

「ルーカス＝フォルスト先輩だ」

「魔術剣士競技大会本戦の優勝者。あの剣技は圧倒的だった。なるほど。彼とチームを組んだのか」

師匠から話は聞いていたが、まさかアルバートたちと組むことになったのか。

だが、それはそれで非常に面白いと俺は思った。

断然、負けるわけにはいかないな。

「そうだ。初めは、レイを誘うという意見もあった。しかし――」

すると、エヴィが前に出てくる。

いつも陽気で、俺たちのムードメーカーでもある彼だが、アルバートと同様に真剣な顔つきをしている。

「レイと戦ってみてぇ。俺たちは、そう思ったんだ」

「ふ。そうか」

「レイは確かに、この世界の魔術師の頂点だ。でもな、だからこそ……俺たちはその背中を追いかけていきたい。いつまでも、レイの後ろで隠れているわけにはいかねぇからな」

白い歯を輝かせながら、エヴィは笑う。

その笑顔は、真正面から俺とぶつかりたいという意志の表れなのだろう。

アルバートからはそんな意志を感じとっていたが、エヴィも同じように考えていたのは流石に分からなかった。

「俺は別に大会とかは出る気はなかった。でも、レイとアルバートに感化されてな。へへ……」

少しだけ恥ずかしそうに、鼻を擦るエヴィのその姿は新鮮なものだった。

「ということだ、レイ」

アルバートの雰囲気はあの時とは、もう違う。

思えば初めの頃は、彼は俺のことを目の敵にしていた。

しかし、俺と決闘をして完敗。

そこから、自己を見つめ直してアルバートはここまで来たのだ。

魔術剣士競技大会(マギクス・シュバリエ)では、ただ見ていることしかできなかった。

だが今こうして、俺が大規模魔術戦(マギクス・ウォー)で戦いたいと思っているのは、みんながいるからこそだ。

みんながいるから、俺もまた切磋琢磨(せっさたくま)したいと、そう思うようになっていた。

「レイ。次こそは、負けない」

「こちらも、負けるわけにはいかないな」

スッとアルバートが手を伸ばしてくる。

そして俺たちは、がっしりと握手を交わす。

厚い。分厚い手だ。

彼の努力の跡が容易に見て取れるほどだ。

「レイ」

「エヴィ」

巨体が迫る。

文化祭のフィジークコンテストでは、部長に惜敗してしまったエヴィ。だが彼は、トレーニングを今でも続けている。入学時よりも、少しだけ大きくなっている。

すでに完成に近い肉体だというのに、研鑽（けんさん）を怠ることはない。

純粋にその姿勢は、尊敬に値するものだ。

「俺はレイと出会っていなかったら、こんな風に努力はしていなかったと思うぜ」

「そんなことは、ないと思うが」

「いやきっとそうだ。同室になったあの日、お前は真っ先に筋トレを始めたよな？」

「そうだな」

懐かしい記憶だ。

あの時は確か、いつものようにルーティーンをこなそうとしていたはずだ。

「そのとき思ったんだ。こいつは、すげぇ奴だって。まぁその鍛え抜かれた体を見ればわかるが、その行動に俺は感動してな。今までそんな奴は、見たことがなかった。そしてレイと筋トレして、学生生活を過ごしてきて、俺も思うのさ」

じっと視線を交差させ、彼の声には確かな熱が宿っていた。

「俺も、レイと戦ってみてぇと。レイはいろんな意味で、俺の目標だからな」

「そうか。ならば、真正面から受けて立とう」

「おう！」

エヴィとも、握手を交わす。

その圧倒的な手の大きさ。それをがっしりと握る。少し痛いぐらいに握手を交わすと、二人は颯爽とこの場から去っていく。

「レイ。俺たちと当たるまで、負けるなよ？」

「そうだぜ！　その時は、笑ってやるからな！」

「ふ。それはこちらのセリフだ」

あぁ。

俺は本当に、恵まれている。

この学院でかけがえのない友人と出会うことができた。

だが、友人だからといって手加減はしない。

俺たちは友人であり、強敵でもあるのだから。

◇

優生機関。

倫理の枷を外し、魔術の真髄に至ろうとする組織。

その組織の全貌を知る者はほとんどいない。

優生機関の所属とはいっても、ただ研究施設を与えられるだけ、または手術によって魔術領域を強引に拡張させられる——ダークトライアドシステム——など、組織の真の目的を知る者は限られている。

「レイ＝ホワイトですが、大規模魔術戦に出場するようです。それに、絶刀であるルーカス＝フォルストも。絶刀が冰剣に固執しているのは有名ですから、面白い大会になるかもしれません」

「そうみたいだね」

とある施設の地下室。

空気の通りが悪く、薄暗い空間。明かりは最低限で、それこそ日の光などは全く存在しない。

「ヘレナ＝グレイディ。死神。そして、暴食。レイ＝ホワイトはそれぞれを打ち破っていますが、間違いなく能力は戻りつつあるかと」

「どうやら、彼の魔術領域暴走はただ暴走しているだけではないようだね」

「流石のご慧眼です。こちらでも、無理やり魔術領域暴走させることで被験者をかなり調査しましたが、彼のケースとは異なっているかと」

「そうなると、問題はやはり——真理世界か」

魔術は生み出すものではない。

それは全て真理世界に保存されており、引き出すものである。

そのため、魔術師の技量とは真理世界にどれだけ干渉できるか次第である。

それが優生機関上層部の結論。

その事実には、上位の魔術師は気がついている。

理屈ではない。

感覚的な問題であり、魔術を使えば使うほど、どこかから自分が魔術を引き出しているような感覚があるのだ。

曰く、コード理論とは真理世界から魔術を引き出すための暗号である。

コード理論を提唱した学者は、そのことを理解した上でコード理論という名称にしたのではないか、と言われているほどである。

「レイ＝ホワイトの魔術痕跡を入手したいが、かなり困難だろうね」

「はい。レイ＝ホワイトの周りには、高位の魔術師が多すぎます。中でも、リディア＝エインズワースとリーゼロッテ＝エーデンが厄介かと」

「元氷剣に虚構か」

「中でも虚構はかなり厄介でしょう。リディア＝エインズワースは真理世界(アーカーシャ)に至る存在ではありましたが、今はその能力は全盛期に比べるとかなり落ちています。一方で、リーゼロッテ＝エーデンはまだ底が見えません」

「七大魔術師か……周期はそろそろかい？」

「はい。あと少しで、次の周期がやってくるかと。現在は、アメリア＝ローズが次の候補です」

そう言って女性は、一枚の資料を取り出すとそれを彼に渡した。

その資料はアメリアの能力をまとめたものであった。

因果律蝶々(バタフライエフェクト)。

リーゼロッテとは異なり、その因果に干渉する力はかなり強力。因果を接続することも可能であれば、切除することも可能。

因果という概念そのものを操るそれは、研究対象としては素晴らしいものだった。

「アメリア＝ローズだけでなく、最近は学生にして固有魔術(オリジン)を保有している魔術師が多い。やはりあの仮説は正しいようだ」

「レイ＝ホワイトを起点にして、次の魔術革命が起きている。間違いないでしょう」

優生機関(ユーゼニクス)の上層部は、そのように結論付けていた。

レイ＝ホワイトという存在が起点になって、周囲の魔術師がさらなる能力に覚醒していると。

「アメリア＝ローズ。アリアーヌ＝オルグレン。レベッカ＝ブラッドリィ。その三人への影響は、なかなか大きいようだ」

「レベッカ＝ブラッドリィに関しては、聖人(クロイツ)としての能力は封じられましたが、彼女も二十代になる頃にはその能力を制御できるでしょう。アリアーヌ＝オルグレンも覚醒の兆候があります」

「なるほど……」

「大会への介入はどうしますか？　準備はできていますが」

「いや。今回はいいだろう。氷剣と絶刀の戦いを楽しみにするとしよう。ま、学生の遊びレベルの大会で、本気を見ることはできないだろうが、見るだけの価値はあるだろう」

ニヤリと笑う男性。そして彼は、言葉を続ける。

「さて、彼はどのように戦うのか。楽しみにしていよう」

その表情は、まるで何かを楽しみにしている子どものようだった——。

第二章　アリアーヌとの特訓

放課後になったが、今日はいつものようにアリアーヌがやってくるのを待ってはいない。

俺はディオム魔術学院に向かうと、そこでアリアーヌと練習を始めた。

彼女はかなり筋が良く、これは鍛え甲斐があると思った。

二人で練習をした後、俺はあることを提案する。

「よし。ここから先は、食事でもしながら話すか」

「食事？　一緒にするのは構いませんが、どこで食べるんですの？」

「俺が振る舞おう。アリアーヌの部屋には、キッチンはあるよな？」

「使っていないですけれど、ありますわ」

「そうか。では、行こうか」

「でも、材料はわたくしの部屋にはありませんけど？」

「実はすでに用意してある。寮の人に預けてあるんだ」

「はぁ。本当に、色々と用意周到ですわね」

呆然としているようだが、俺としては一緒に食事を取るということも重要だと思っている。

コミュニケーション。

チームで戦う上で、互いの信頼関係を築くというのは欠かせないものである。軍人時代も、初めはバラバラだったが後に互いを知ることで、俺たちはまとまることができた。

その経験から、アリアーヌとはもっと距離感を詰めていきたいと考えている。

「よし。では、行こう」

「分かりましたわ。でも、何を作るんですの?」

「ふ。ここは相場が決まっている。カレーだ」

「カレー！　それは美味しそうですわねっ！」

「だろう?　任せろ。俺のカレーは抜群に美味い。師匠にも太鼓判をもらっているからな」

彼女は隣で、「カレー、カレー、晩ご飯は、カレーですわ〜♪」と歌いながら楽しみにしているようだった。

これは、気合を入れて振る舞う必要があるな。

「失礼する」

軽く頭を下げて、アリアーヌの部屋に入る。

寮の造りは、基本的にはどの学院も同じだ。

それに、女装して潜入した際には彼女の部屋に一度だけ入っているので、どこか懐かしい気分だった。

「よし！　腕によりをかけて作ろう！」

文化祭では調理をしていたが、直接目の前で振る舞うのは思えば学生になってからは、アリアーヌが初めてだろう。

「いつになく、テンションが高いですわね」

「学生になってから、個人的に目の前で誰かに振る舞うのはアリアーヌが初めてだからな。気分も上がるものだ」

「え。そうですの？」

アリアーヌは、チラッとこちらを見上げてくる。

「あぁ。初めてだな」

「そ、そうですの……わたくしが初めてですか。ふふ」

アリアーヌは微かに笑みを浮かべ、機嫌も良さそうだった。

きっと、俺のカレーを楽しみにしているんだろうな。

話を切り上げたところで早速キッチンに移動する。

普段は使っていないということで、綺麗なままだった。

そして俺は、持参した調理器具を取り出していく。

「なんだかたくさん持ってきていますのね」

「あぁ」

「わたくしに手伝えることはありますの？」

「ふむ……」

迷う。

ここはおそらく、俺が一人で調理した方が手際がいいだろう。しかし、今回はコミュニケーションを取るためにこの場を設けたのだ。

一緒に調理することで、より近づけるかもしれない。

「そうだな。では、野菜の皮を剝いてもらおうか」

「分かりましたわっ！」

アリアーヌは腕まくりをすると、その瞳を輝かせる。

聞けば、昔から料理などには興味はあったのだが、なかなか踏ん切りが付かずに機会を逸していたという。

それから話すこともなく、淡々と互いの作業に集中する。

アリアーヌはペティナイフで皮を懸命に剝いており、俺はその間に肉をぶつ切りにしていた。もちろん調味料も用意して、下味を整えていく。

チラッと、彼女の方を見る。

やはり慣れていないようで、少し苦戦しているようだった。

「アリアーヌ」

「すみません。ちょっと手間取ってしまって……」

俺は彼女の後ろに立つと、抱きしめるような形でその両手に触れる。

雪のように真っ白な手は、やはり女性ということもあって小さかった。

また、彼女の手はとても柔らかく、改めてアリアーヌの女性らしい部分を自覚する。

「いいか。野菜の皮を剝くときは、力任せにナイフを動かしてはいけない」

アリアーヌの頰は少しだけ朱色に染まっているような気もした。

それに、僅かにだが呼吸も荒くなっているようだ。

おそらくは、初めてのことで緊張しているのだろう。

「そ、そうなんですの？」

「あぁ。表面を滑らせる感じだな」

「なるほど。勉強になりますわ」

彼女の柔らかい手を包み込むと、実演するような形で野菜の皮を剝いていく。まずは体に覚えさせることが大事だからな。

俺もこうして教えてもらった過去が懐かしい。

料理は師匠ではなく、主にアビーさんとキャロルから教わっている。

「レイっ！」

「どうした？」

瞬間。

アリアーヌは声を上げて、パッと俺から距離を取る。

「その……もう自分でできますわ」

忙しなく髪に触れているアリアーヌは、少しだけ照れているのだと今になって気がついた。

「そうか？」

「はい……っ！」

確認すると、本当に一人でしっかりとできるようになっていた。

まだぎこちなさは残っているものの、飲み込みが早い。

三大貴族の令嬢ということで、料理などの家事をしたことはおそらくほとんどないのだろう。

メイドに任せるのが、一般的な貴族の在り方だからな。

だというのに、彼女は一生懸命に取り組んでいる。

そんな姿に、どこか過去の自分を重ねてしまう。

「どうしたんですの？」

「ん？　何の話だ」

「レイが微笑んでいるなんて、珍しいので」

そう指摘されて、自分が微笑んでいることに初めて気がついた。

そうか。幼少期に一生懸命だった自分を見ているようで、俺はおそらく懐かしく思ったのだろう。

「小さい頃を思い出してな」

語る。

別に隠すようなことでもないので、俺は素直に話すことにした。

「小さい頃、ですの？」

「あぁ。小さい頃は、俺も苦労していたからな」

過去を思い出しながら、俺は手際良く調理を進めていく。

「レイが苦労するなんて、想像できませんわね」

「俺だって人並みに苦労することはあるさ」

ある程度の調理が終了し、あとはカレーを煮詰めるだけになった。

「よし。こんなものだな」

その後、アリアーヌと他愛のない話を続けていると、しばらくしてカレーが完成した。

その横ではご飯も炊いてある。

「完成、だな。皿はあるか？」

「ええ。一応、おいてありますわ」

彼女から平皿を受け取ると、それに白いご飯とカレーを注いでいく。

「とってもいい匂いがしますわね」

「だろう？」

「はい。食べる前から、美味しいと分かりますわっ！」

その両眼を輝かせて、皿を受け取る。

二人でそのままテーブルへと向かうと、水も用意してからさっそく食べることにした。

「よし。では、いただくか」

「ええ！」

スプーンでルーを掬い、口へと運ぶ。

互いに同時にパクリとそれを食べた瞬間……口の中には豊潤な味わいが広がる。あらゆる調味料が最高のバランスで絡み合う。今回はアリアーヌが甘口がいいということなので、スパイスは控えめにしておいた。

「うん。美味いな」

予想通り、美味くできている。俺の腕もどうやら衰えてはいないようだった。

「ん〜〜〜〜〜っ！」

一方のアリアーヌはと言えば、頬を左手で押さえながら声を漏らしていた。

「美味いか？」

「ええ！　とっても美味しいですわっ！」

溢れ出る笑顔。

自分の料理を食べて、ここまで笑顔になってくれる。

それだけでも、今日はわざわざ作りにきた甲斐があったというものだ。

「レイは本当になんでもできますのねっ！」

「なんでも、というわけではないが、一通りのことは教育されたからな」

「ふふっ。本当にあなたは不思議な人ですわ」

微笑を浮かべながらも、彼女の手が止まることはなかった。

もちろんおかわりする分もあるのだが、あっという間に食べてしまうと、アリアーヌはすぐに二杯目を食べ始める。

ペースは俺よりも圧倒的に早いものだった。

「はっ！　わたくしったら、つい食べ過ぎてしまったようで……っ！」

気がつけば、彼女は三杯ほどおかわりしてルーがなくなってしまった。俺は一杯だけでとどめておいた。

今日はアリアーヌに振る舞うために作ったからからな。

「いや。構わないさ。またいつか、一緒に食事を取ろう」

「ええ！」

元気よく声を上げるその姿を見て、俺は少しだけ笑みを浮かべるのだった。

あの頃を、思い出しながら——。

◇

十一月に突入。

そんな中、俺たちは放課後にいつものようにトレーニングを続けていた。

今日は合同練習をする日で、二人にはかなり厳しいフィジカルトレーニングを課していた。

大会の準備のためにも、魔術戦での連携なども確認をしたので、二人はかなり疲れている様子だ。

「今日も、疲れましたわぁ……」

「うぅ。吐きそう」

「アメリア。大丈夫か？」

「うん、なんとか、大丈夫……」

俺は二人に、あることを伝えることにした。

「二人とも。大事な話がある」

「なんですの？」

まだアリアーヌの方は返事をするだけの元気があった。アメリアは手を軽く上げて、聞く意思はあることを示してくれる。

「明日からは三連休だが、泊まり込みで訓練をする。アリアーヌは俺の実家で、特別な訓練をする。これを突破すれば、大会への準備は万端だろう。アメリアは続けて、リーゼさんのところで特訓だ」

「待って！　アリアーヌとレイが二人きりでお泊まり⁉　それもレイの実家で⁉」

アメリアは疲れを忘れたのか、急に大きな声を出して詰め寄ってくる。

「そうだが、何か問題が？」

「わ、私も行くわ！」

「いや、それはダメだろう。リーゼさんに聞いたが、かなり飲み込みがいいと聞いている。魔術の訓練を優先するべきだ。それに、こちらはひたすらにフィジカルトレーニングだぞ？」

「う……それは……」

アメリアはしばらく唸ったあと、アリアーヌを連れて移動していく。

「レイはそこで待ってて！　アリアーヌ、行くわよ！」

「お、お手柔らかにお願いしますわ」

そうして二人でこそこそと何かを話した後、俺のもとへと戻って来た。

「レイ。とりあえずは、了承したわ」

「そうか。それは良かった」

「アリアーヌにも、釘を刺しておいたから」

「釘を刺しておいた？」

「ま、こっちの話よ」

「あはは……レイは気にしないでくださいまし」

アリアーヌは珍しく、苦笑いをしているようだったが、アメリアが納得してくれたのならいいだろう。

そして俺は、アリアーヌには明日の準備をしてくるように伝えて、今日は解散となった。

明日からの三連休。俺はもう一人に協力をしてもらい、アリアーヌとの特訓をする予定だった。だからこそ、俺は実家に帰るという選択をしたのだ。


翌日の早朝。

どこか早い。

「レンジャーっ！　ですわっ！」

　彼女はバックパックを背負ってやってきたが、時刻は五時半。集合時間よりも三十分ほど早い。

「む。早いな」

「集合時間は六時だが」

「あはは。ちょっと早起きし過ぎましたわ」

　恥ずかしそうに頰を搔く。

　その仕草を見て、俺は微かに笑みを浮かべる。

「まぁ早いに越したことはない。では、行こうか」

　バックパックを背負って移動する俺たちは、さっそく目的地へと向かう。

　アリアーヌが隣にタタタと小走りして並ぶ。

「レイのご実家はどこですの？」

「ドグマの森の近くだ」

「え……そんなところに？」

「あぁ。もちろん、魔物が襲って来たりはしない」

　ドグマの森とは、危険度が最高レベルに指定されている。

　といっても、管理はしっかりとされてあるので、問題はない。

そうして俺たちは、実家へと歩みを進めていく。

しばらくすると、左右にひまわり畑が広がる獣道に入った。

だが、ひまわりは季節ではないのであの夏のようにしなやかに咲き誇ってはいない。

そして歩みを進める中、俺は気配を感じた。

これは間違いなく――。

ガサガサ、という音と共に、小さな影が俺に飛びかかって来た。

俺はその影を迎撃するのではなく、両手を広げて受け入れる体勢を整える。

「どーんっ!!」

腰に衝撃がやってくる。もちろんそれを、優しく受け止める。

栗色の艶やかな髪を揺らしながら、突撃してきたのは妹のステラだった。

「ステラ。久しぶりだな」

「お兄ちゃんだ！　やったー！　今回はどれくらいいるの？」

ステラ＝ホワイト。

血は繋がっていないが、俺たち兄妹の絆は本物であると自負している。

「まぁ、三連休の間だけな」

「それでも嬉しいよー！」

グリグリと頭を押し付けてくるので、俺はステラの頭を優しく撫でる。

そんな様子をアリアーヌは茫然と見つめていた。

「あ、えっと」

「あ！　こんにちは！　初めまして！」

「これはご丁寧に。どうもですわ」

ステラは俺からパッと離れると、深く一礼をする。

「私はステラ＝ホワイトですっ！　お兄ちゃんの妹です！」

「アリアーヌ＝オルグレンですわ。レイの友人です」

「ステラって呼んでください！」

「わたくしもアリアーヌでいいですわ」

握手を交わす二人。

そしてステラはその両眼を輝かせながら、彼女の髪をキラキラとした瞳で見つめる。

「アリアーヌちゃんは、髪が綺麗だねっ！」

「この髪の素晴らしさがわかるんですの？」

「うん！　くるくるで艶々で、とても綺麗だよっ！」

「ふふっ。ステラはなかなか、見る目がありますわね」

「ふふん！　伊達にお兄ちゃんの妹じゃないからねっ！」

ステラは小さな胸を、思い切り張る。

それにアリアーヌにはティアナ嬢という妹がいるからなのか、ステラとの相性は良さそうだった。

これはこの三連休の特訓は色々と期待できそうだな。

「よし！　じゃあ早くお家にいこっ！」

ステラが俺たち二人の手を引いて、目の前に見える家に向かうように促してくる。

「おーい！　早くー！」

ステラはそのまま駆けていくと、実家の前でその手をぶんぶんと思い切り振っている。

「可愛い妹さんですわね」

「だろう？」

「ええ。とても和みますわ」

「そうだな。俺もステラに救われたからな」

「それは……」

アリアーヌはそれ以上言及してこなかった。

極東戦役が終わり、悲しみに支配されていた時、ステラの存在は本当に大きなものだった。

ステラだけではなく、今の父さんと母さんにも助けられたのは記憶に新しい。

「過去の話だ。行こうか」

「分かりましたわ」

俺たちはステラの後についていくと、家の中へと入っていく。実家に辿り着くと、リビングでは両親が待っていた。

「アリアーヌ＝オルグレンと申します。以後、お見知り置きを」

「あらあら。ご丁寧にありがとうございます」

「レイから話は聞いているよ。流石は三大貴族の令嬢だ。こちらこそ、よろしく頼むよ」

うちの両親と挨拶を交わす。アリアーヌはやはり、三大貴族の令嬢ということで挨拶はしっかりと丁寧に行っていた。

普段は友人として過ごしているのだが、このような一面を見るとやはり彼女はお嬢様であると思う。

その後、アリアーヌを含めて家族みんなで食事を取ることになった。

彼女はいかに俺が破天荒なのか、という話をしていて、その度にみんな笑っていた。

俺としてはごく普通に過ごしているつもりなのだが、みんなから見るとそうではないらしい。

しかし、このような談笑の時に俺のことで笑ってくれるのなら……それもいいと思った。

「お兄ちゃん！　一緒にお風呂に入ろっ！」

「そうだな」

着替えを持っていき、ステラといつものように風呂を共にしようとするが、アリアーヌがそんな俺たちの様子を驚いた様子で見つめる。

「ちょっとお待ちなさい」

「うおっ！　どうした？」

服の襟首をぐいっと思い切り摑まれてしまう。

俺は、アリアーヌと向かい合う。

彼女は半眼でじっと、訝しそうに俺に尋ねてくる。

「もしかして、ステラと一緒にお風呂に入りますの？」

「無論だ」

「そうだよっ！　いつも一緒に入ってるよっ！」

「……」

その言葉を聞いて、アリアーヌは目を閉じて天を仰ぐ。

すると、俺の胸元に指を当ててくる。

「許せませんわっ！　いい年の男女がお風呂を共にするなどっ！　レイっ！　ステラがお嫁に行けなくなったらどうしますのっ！」

「む……しかし」

「しかし、ではありませんわっ！」

それから、アリアーヌの言葉は家族全員に伝えられた。

両親もそろそろ問題かも……と実は思っていたらしい。

ステラは渋々ながらのようだったが、俺とは別々に風呂に入ることになった。

その代わり、アリアーヌがステラと一緒に入ってくれるらしい。

「お兄ちゃん！　離れ離れになっても、私たちの関係は変わらないよっ！」

「あぁ！　勿論だとも！」

ガッチリと握手をしてから、抱擁も交わす。

その様子を見て、アリアーヌは再びため息をついた。

「はぁ……なんというか、似たもの兄妹ですのね……」

きっと褒め言葉だろう。

ステラとは血は繋がっていないが、似たもの兄妹と言われて俺とステラはにこやかに笑うのだった。

◇

わたくしは早朝に目を覚まして、すぐに訓練の準備を始めましたが、予想外の展開に驚きましたの。

「今回の訓練はステラに協力してもらう」

「よろしくー！」

レイはステラのことを改めて紹介してくれますが、協力……というのはどのような意味でしょうか？　流石に軽い程度だと思いますが。

「ステラは近接格闘戦ならば、俺に匹敵すると考えてもらっていい。ドグマの森の魔物にも、負けることはないだろう」

「……ちょっと待ってくださいまし」

頭に手を当てて、少し考えます。

ステラはレイと同格レベルに強くて、難易度S級の森の魔物にも勝てると？

でも、流石にレイが嘘を言っていることはないでしょう。

わたくしは改めていろいろな感情を飲み込むと、理解を示します。

「分かりましたわ。突っ込みどころは多いですが、よろしくお願いしますわ」

ということで、森へ入るための手続きを済ませて――ホワイト兄妹はほぼ顔パスみたいなものでしたわ――わたくしたちは森の中へと入っていきます。

もうすでに冬も近くなっていて、木々は痩せ細っているため、いつもよりも視界が開けているとレイは言っていましたが、どこか不気味な印象を抱きます。

それはカフカの森とは違う、異質さ。

二人が、その中を意気盛んに進んでいく姿は、とても慣れているようでした。

そして、三人で歩みを進めているとさっそく魔物と遭遇。

「よし。ステラ。いけるな？」

「うん！　任せてよ！」

レイはあろうことか、ステラ一人に任せるようです。

しかし目の前にいるのは、巨大蠍（ヒュージスコーピオン）。

砂漠地帯にいる有名な魔物ですが、この森にいるとは、流石に難度S級の森ですわね。

それにしてもあのサイズの魔物、しかもその鋭利な尻尾は天にそそり立つようにして上がっています。

初めて見たわたくしは、流石にそんな魔物に怖気付（おじけづ）いてしまいますが。

「うりゃあ！」

ステラが声をあげて森の中を颯爽（さっそう）とかけていくと、巨大蠍（ヒュージスコーピオン）もまた彼女を捕捉。

大きなハサミと尻尾を高らかに上げて、威嚇をしているみたいですの。

ステラはそれを恐れることなくそのまま突っ込んでいくと、ドォンと大きな音が聞こえてきました。

あろうことか、ステラは巨大蠍(ヒュージスコーピオン)を殴り倒したようです。

「よしっ！　終わったよ！」

「え？」

流石の手際にわたくしも唖然(あぜん)としてしまいます。今のは魔術の兆候が見えなかったような？

それこそ、物理的に殴っただけのような？

「ふむ。やはりステラの技術は一流だな。俺と師匠が教えただけはある」

「えっとレイ。今のは？」

「今のはただ殴っただけだ」

「魔術は？」

「身体強化だけだ」

し、身体強化だけで倒す？　そんなことがあり得ますの？

「身体強化をして、パンチひとつで倒したと？」

「あぁ。ステラは生物の急所を見抜くのが得意でな。それに魔術強化なしの体術だけで言えば、俺を凌(しの)ぐのはそう遠くはないだろう。ステラは格闘のスペシャリストだからな。俺よりも、ステラの方がセンスはある」

「……」

人は見かけにはよらない、とはこういう時にいうものですのね。

ステラはいつもニコニコとしていて、とても愛嬌のある可愛らしい子ですわ。

それこそ、わたくしの妹のティアナもこのような成長をするのかと期待するほどに。

しかし今見たものは、そんなイメージとはかけ離れたものでしたわ。

「アリアーヌちゃん！　私、強いでしょ！」

えっへんとその小さな胸を張る姿を見て、思わず尋ねてしまいます。

「ステラは、レイに鍛えてもらったんですの？」

「んーん。お兄ちゃんと、リディアさんだよー！」

「先代と当代の氷剣の魔術師ですか。物凄い英才教育ですわね」

レイもまたステラが褒められて嬉しいのか、いつもよりも少しだけ饒舌に話をするようです。

「あぁ。ステラは俺と師匠で鍛え上げたからな。魔術戦闘は、特に、ジャングルなどでは、ステラはすでに魔術師の中でも屈指だろう」

「なるほど。思えば、もしかして実家に戻ってきたのは？」

「そうだ。ステラにもアリアーヌの訓練を手伝ってもらおうと思ってな」

「そういうことだったんですの」

それを聞いて初めて得心がいきました。

わざわざ実家に連れてくるのだから、この森で戦うこと以外にも理由があると思っていましたが、色々と納得しました。

「ではこれから訓練に入る！」

「レンジャー！　ですわっ！」

「レンジャー！　だよっ！」

わたくしがビシッと敬礼を決めると、隣でステラも大きな声で掛け声を上げます。

こうして、わたくしの訓練が本格的に始まることになりました。

◇

「逃げるんですわあああっ！」

「あははは――！　逃げろ逃げろ――！」

ドグマの森。

その中で訓練を開始した俺たちは、アリアーヌの背中を追いかけていた。

三日あるうちの一日目は、ひたすら鬼ごっこをすることにした。

これはエインズワース式ブートキャンプにも採用されているものだが、ただの遊びではない。

正式な訓練である。それも、地獄と呼ばれる訓練の一つでもある。

思えば、師匠が鬼の時はそれこそ地獄絵図が出来上がったものだ。

これでもかとプレッシャーを撒き散らしながら、ゴリラが突撃してくるのである。大人でさえも、泣いてしまうことは多々あった。それがたとえ、軍人であっても。

そして、今回は俺だけではプレッシャーが足りないということでステラにも手伝ってもらっている。

「お兄ちゃん！　私は左からいくね！」

「了解した。俺は右から行こう」

今回の鬼ごっこにはルールを設けている。

俺とステラは魔術の使用はなし。

一方で、アリアーヌは内部コードによる身体強化ありという条件下での訓練になっている。

一時間以上、アリアーヌが逃げ切れば訓練は終了。どれだけ早くても、どれだけ長く時間がかかっても、この条件は絶対に達成してもらう。

「右……いや、左に流れるつもりか」

白金のポニーテールを揺らしながら、彼女は颯爽と森の中を駆け抜けていく。

どうやら俺が右から迫りつつあるのを知ってか、左に逃げているようだった。

アリアーヌの選択肢としては、まっすぐ走り続けるか、左右のどちらかに逃げるしかない。

その中でも左を選択したのは、ステラならば突破できると判断したからなのか。

それとも――。

「もらったよっ！」

と、木を移動していたステラはアリアーヌに上から飛びかかる。だがそれを視界で認識することなく、スッと移動して躱すと彼女は疾走していく。

「ステラ。声を出す必要はない」

「あ……そっか。えへへ」

走りながら頭をかき、恥ずかしそうに照れるその姿。思わず頭を撫でてしまいたくなるほどの可愛さだ。

俺たちは並走しながら、次の作戦を練るのだった。

その後。

文字通り、本気を出したステラに何度も捕獲されることになったアリアーヌだが、決して諦めの色は見えなかった。

制限時間は一時間。

その間を逃げ切れば彼女の勝利だが、ついに今日の訓練は、夜に突入することになった。

「はぁ……はぁっ！」

アリアーヌは暗くなった森の中を、微かな月明かりを頼りに疾走し続ける。

「ステラ」

「うん……まずいね」

今も並走しているが、俺たちは焦り始めていた。ステラも今までのような明るさはなく、ただ真剣な表情で走り続けている。

残り時間は十分。

「お兄ちゃん。次のアタックで逃げられたら、終わりだよ」

真剣な声色でステラが話しかけてくる。

「分かっている。俺が上から行って、注意を引く。ステラが下から確保しろ」

「了解だよ」

散開。

俺は上から。ステラは下から奇襲をかける。

颯爽と木から木へ飛び移っていく中で、アリアーヌの位置は捕捉し続けている。

　徐々に距離を詰めていき、俺は上からアリアーヌの体へと抱きつくようにして襲い掛かる。

「来ると思いましたわっ！」

　流石に何度もくらっているので、彼女は俺が飛びかかるのをギリギリで躱す。しかし、その逃げた先にはステラが控えている。

「ステラ！　今だ！」

「分かってるよっ！」

　低い姿勢で、タックルするようにアリアーヌへと思い切り飛びつくステラ。一方で、ステラの攻撃を知覚したアリアーヌは懸命に体を動かして躱そうとする。

　一瞬の錯綜。

　アリアーヌは判断を誤ればここで捕まってしまう。だが俺は分かっていた。彼女には、唯一の逃げ道があるということを。

「もらったよっ！」

　ステラのタックルはおそらく疲れのせいなのだろうが、今までよりも飛ぶ位置が低いものになっていた。

　これまではしっかりと腰を狙っていたが、今は腰の下あたりに飛びついている。

「負けませんわっ！」

アリアーヌはただ、その場で飛ぶようにして躱せばいいだけ。ステラもそれを分かっているようで、何とか彼女の体を摑もうとするが……。

瞬間。俺の腕時計が、音を鳴らす。

「終了か」

最後の攻防。

勝利したのは、アリアーヌだった。

彼女はなんとかその場でジャンプをすると、くるりと綺麗にステラの突撃を躱したのだ。

そして、ボロボロになった体を地面に投げ捨て、大の字になって呼吸を整えようとする。

「はぁ……はぁ。わたくし、勝ちましたの？」

「あぁ。アリアーヌの勝利だ」

「うわーん！　悔しいよっ！」

ステラは最後の攻防で捕まえ切れなかったのを悔いているようだった。

「今回はちょっと、本気で……死にかけましたの」

「そうだな。今までの中でも、最も過酷な時間だっただろう。しかし、よく乗り越えた」

「ふふ。ここで、負けては乙女が廃りますわ」

ニヤッと笑うだけの元気はあるようだが、体がいうことを聞かないのは間違いないだろう。

「よっと」

「うわっ！」

俺はアリアーヌを自分の背中に背負うと、歩みを進める。

「レイ、流石にこれは恥ずかしいと言いますか……」

「しかし、仕方がないだろう？」

「う……それは、そうですの……」

アリアーヌの表情は窺（うかが）えないが、どうやら受け入れてくれたようだ。

「しっかりとつかまっていてくれ」

「わ、分かりましたわ」

おずおずと俺の首元に両手を伸ばして来ると、ギュッとしがみついてくる。

これならば、落ちることもないだろう。

ただし、アリアーヌの柔らかい体が背中に密着しているのだが……こればかりは仕方がないだろう。

「ステラ。帰るぞ」

「うん！」

そうして俺たちは帰路へとつく。

「ねぇレイ」

「あぁ」

「わたくしは強くなれていますか？」

「もちろんだ。今日のこれを乗り越えたのは、誇っていいだろう。俺たち兄妹を躱すことができたのは感嘆すべきことだ」

「そう。そうですの」

月明かりに照らされながら、俺たちは自宅へと戻っていくのだった。

訓練二日目。

俺とステラの猛攻を掻い潜ったアリアーヌは、森での戦い方を学んだのか、体の動かし方が今までとは段違いに良いものになっている。

「アリアーヌ訓練兵！　今のは右に移動するべきだ！」

「レンジャー！　ですわ！」

今日もまた、森での戦闘を繰り広げる。

今回は俺とステラがローテーションで、魔術ありで徒手格闘戦を繰り広げている。制限時間は一人三十分。休憩時間は十分。

その休憩も、俺からのアドバイスを聞く必要があるため、彼女には実質的な休憩はなかった。

だがそれでも、文句を言わずに懸命に食らいついてくる姿を見て俺は内心では感嘆を覚えていた。

ボロボロになりながらも、前に進み続ける姿は、いつか昔の自分を思い出させる。

俺との戦闘が終了し、休憩時間となった。

アリアーヌがタタタとこちらに走ってくると、今の戦闘を振り返る。

「最後はどうして、左に避けた？」

「それは、体が勝手に動いてしまったんですの……」

「魔術による防御に頼り切りになっているからだ。あの時の最善は、右に避けつつ木の裏に隠れるべきだった」

「むぅ。難しいですわね」

どうやら、彼女なりに真剣に受け止めている様子だった。

森での戦い方は非常に難しい。

森に限らず、遮蔽を意識して戦うことを覚えてもらう必要がある。

攻城戦においても、この考え方は役に立つからだ。

常に最善を探し続ける。しかも、意識してではなく、反射で。

アリアーヌには高度なことを求めているのは分かっているが、きっと彼女ならマスターしてくれるだろう。

「戦闘をしている最中でも、周囲の情報は視界に入れる必要がある。それこそ俯瞰的な視点が欠かせないだろう。俺も戦闘中は適宜サポートするが、基本は自分で動いてもらう」

「レンジャー！　ですわ！」

カフカの森で行われる拠点占有では、俺とアリアーヌが主軸になって戦う必要がある。決してアメリアが必要ないわけではないが、防御と攻撃の両方をこなす必要のある俺たちには、高度な戦闘技術が必要だ。

しかも、戦いの舞台は森の中。

つまりは木々を壁にしながら、相手と対峙するのだ。

魔術の射線管理、さらには近接戦闘。加えて、拠点に入っているアメリアの防御も念頭におく必要がある。

ただ闇雲に戦えばいいというわけではない。

戦闘において、かなりの頭脳戦も要求されてくるのが今回の大規模魔術戦。

これを考えた人はおそらくアビーさんだろうが、本当にあの人らしいルール設定である。

「よし！　では次はステラとやってもらう！」

「レンジャー！　ですわ！」

「レンジャー！　私も頑張っちゃうよー！」

そうして今日もまた、日が暮れるまで訓練に励むのだった。


「はぁ……はぁ……」

「よし。では今日はここまで」

そう言うと、アリアーヌとステラはその場で敬礼をする。

「レンジャー！　ですわ！」

「レンジャー！」

今となってはステラもまた、完全に訓練に参加して今日もヘロヘロになるまで体を動かしていた。

まずはステラを背中に背負うと、アリアーヌの腕を俺の方に回して寄り添う形で歩みを進める。

「レイ。申し訳ありません……」

「気にするな。動けないくらい追い込んだからな。家に戻ったら、食事をとって風呂にでも入ると良い。明日も訓練だからな」

「はい。明日も頑張りますわ……」

完全に意気消沈している。

今日も一日、ひたすらに俺とステラと戦い続けたからな。

加えて魔術も使用しているのだ。その疲労はとんでもないことになっているだろう。

「すぅ……すぅ……」

背中から寝息が聞こえてくる。

「ステラは寝てしまったようですわね」

「どこでも寝ることができるからな。きっと、かなり疲れていたんだろう」

ギュッと俺に抱きついているが、ステラは完全に眠っているようだった。

「レイはずっとこのような日々を？」

「そうだな。師匠に拾われてからは、生きるために必死だった。幼少期からこの手の訓練は日常茶飯事だった」

「とんでもないですわね。でも――」

「？　どうかしたのか？」

少しだけ間を置いて、アリアーヌは言葉を続ける。

「レイのことが、少しだけ分かってきたような気がしますの」

とても優しい声音だった。

「そうか？」

「えぇ。レイってば、ちょっとおかしな人と思っていましたけど……やっぱりあなたはとってもすごい人ですわ」

「恐縮だが、おかしな人は言い過ぎだろう？」

「ふふっ。そんなことはありませんことよ」

と、さらに体を俺の方に寄せてくる。その際に、女性特有の甘い香りが鼻腔を抜けていく。

柔らかい体がギュッと押し付けられる。

きっと、疲れているのだろう。

俺は彼女の体もしっかりと支えながら、共に歩みを進める。

「レイ。勝ちましょうね」

「もちろんだ」

俺たちは帰宅してから、順番に風呂に入る。

そして、俺の番が来たので一人で浴槽に浸かっていると、浴室の扉がなぜか開いた。

「え」

「え」

互いの声が重なる。

視界に入るのは、タオルを手にしたアリアーヌだった。

確か、俺が入っているのはステラを通じて伝えてあるはずだが……。

「レイ!? さっき上がったのでは!?」

「いや、入ったばかりだが。もしかして、ステラが伝え方を間違えたのかもしれない」

「なるほど……とても眠そうにしていましたからね」

ステラは帰宅すると、一人でささっと風呂に入って今はもう眠ってしまっている。

おそらくは寝ぼけていたので、俺がもう上がったと伝えてしまったのだろう。

「で、では……私はこれで失礼」

と、アリアーヌが浴室から去ろうとすると、外からは人の気配がする。どうやら、父さんか母さんがいるようだった。

流石に、俺たち二人が一緒に浴室にいるのは見られるとまずいが。

「えっと、その……もし良ければ、ご一緒しても?」

アリアーヌは恐る恐る、そう尋ねてくる。

まぁ、既に服も脱いでいるだろうし、仕方ないだろう。

「顔は背けておこう」

「ありがとうございます」

アリアーヌが体を流す音が否応(いやおう)なく耳に入るが、これればかりは仕方がないだろう。

しばらくして、アリアーヌが浴槽に入ってくる。

俺たちは、互いに背を向けている状態になった。

「レイ。今日もご指導、ありがとうございました」

「アリアーヌもよく頑張ってくれている」

「そうですか？」

「あぁ。本番が楽しみだ」

「ふふ。そうですか」

顔は見えないが、笑っているのは分かった。

そうしてしばらく他愛のない話をしていると、浴室の外から母さんの声が聞こえてくる。

「レイ？　もしかして、誰かと入っているの？」

「！　ま、まずいですわ……っ！」

「アリアーヌ。俺の後ろに」

「は、はいっ！」

アリアーヌを庇（かば）うようにして、俺はとりあえず母さんの声に答える。

「いや、独り言だよ」

「そう？　まぁ、のぼせないようにね」

「心配ありがとう。母さん」

足音が遠くなっていく。

が、俺の背中にはアリアーヌの柔らかい胸が完全に押しつけられていた。

タオル越しにはなるが、その感触をしっかりと感じてしまう。

「あ、アリアーヌ……」

「あ！　す、すみません！　焦っていたので、ついっ！」

互いにどうして良いのか分からず、沈黙がこの場を支配する。

俺はどうすることもできないので、すぐに上がることにした。

「では、俺は先に失礼する……」

「え、えぇ……」

浴槽から出ていく際、背中に強烈な視線を感じた気がしたが、それはおそらく気のせいだろう。

別にアリアーヌは、俺の体などには興味ないだろうしな。

「み、見ちゃいましたわ……っ！」

微かに聞こえる声は、あまりにも小さくてよく聞こえなかった。

夜の帳が下り、時間も零時を回ろうとしていた時、俺はアリアーヌがこっそりと家から出ていくのを目撃した。

この周りで暴漢が出ることはないだろうが、流石に安全のためにも彼女の後についていくことにした。

歩みを進めるアリアーヌは、別に遠くまで行く気はなかったらしい。

ひまわり畑の広がっている獣道で、ピタッと足を止める。

「レイ、ですの？」

どうやら俺が付いてきていることに気がついたようだ。

俺は軽く手をあげて、彼女のもとに合流する。

「悪いとは思ったが、少し心配でつけてしまった。すまない」

「いえ、いいんですの。少しだけ、風に当たりたい気分でしたから」

アリアーヌは視線をゆっくりと空へと向ける。

夜空。

見渡す限りの星々が、そこには広がっていた。

「レイ。実は、わたくしがレイを誘った理由ですが、話していない理由があるんですの」

「話していない理由？」

「ええ。純粋に、友人であるレイとアメリアと一緒に戦いたい。その理由は本当ですが、わたくしは自分を変えたかった」

「変えたかった？」

的を射ない言葉だが、ゆっくりと話を聞くべきだと俺は思った。

「アメリアに話は聞いているかもしれませんが、わたくしはアメリアの模範的な人間になるべく進んできました。貴族の在り方に迷ってしまったアメリアを、言葉で変えることはできないと思っていましたから。それに、同じ三大貴族のわたくしの言葉ではアメリアには届かないと」

「その話は一応、アメリアから二人の関係性は聞いているが、何か問題があったのか？」

「いえ。わたくしは、あるべき貴族の姿を追い求めてきました。アメリアもレイと出会うことで、変わりましたわ。でもだからこそ、わたくしは……きっとどこかで慢心していたのかもしれません」

「慢心？　そんな様子は全く見られないが」

アリアーヌは腕を後ろに組むと、軽く歩みを進める。

「今まではアメリアの前に立って、進んでいるつもりでした。魔術師としても、ずっとアメリアよりも優れていると思っていましたの。けれど、アメリアの才能はわたくしが思っているよりもずっと、ずっと……凄まじいものでした」

「……」

何を言いたいのか、俺はなんとなく悟った。

アリアーヌが言いたいのは、魔術師としての才能的な部分だろう。

アリアーヌは血統主義に傾倒しているわけではないが、それでも才能という部分を見て見ぬふりはできないからだ。

アメリアの因果律蝶々(バタフライエフェクト)は、それだけ凄まじい魔術だからだ。

「努力をずっと続けてきたのは、アメリアのためだと、それこそが友人としての使命だと。そう思っていました。けれど、いざこうしてアメリアが前に進んでいるのを見ると、どうしようもなく自分が矮小(わいしょう)な存在に思えるのです。彼女の才能に嫉妬……している自分がいるのは自覚していましたの」

微かに顔に影を落とす。

アリアーヌはいつも明るく振る舞っているが、今はとてもその姿が小さく見えた。

「アメリアの才能に嫉妬している。しかし、それと同じくらいアメリアが自分の意思で進んでいる姿を嬉しく思っている。そんな葛藤に悩んでいる、ということか？」

「ええ。ふふ、どうしてでしょう。話すつもりはなかったのですが……でもやっぱり、レイに聞いて欲しかったのかもしれません」

月明かりに照らされて、アリアーヌの顔がはっきりと目に入るが、悲しそうな表情をしていた。

「レイについていけば、わたくしも何か変わるかもしれない。アメリアを変えたあなたなら、きっと。なんて期待していましたが……すみません。忘れてください」

アリアーヌは後ろを振り向くと、顔を拭う動作を見せる。

涙を流しているのだろう。

ここで俺はどうすべきなのか、いやもう分かっているだろう。

「アリアーヌ。振り向かなくていいから、聞いて欲しい」

優しくそっと肩に手を添える。

「嫉妬する気持ちは、別に恥ずかしいものではない。俺だって、自分の矮小さが嫌になる時もあるし、平和に暮らしている人を羨んだ時もある。けど、それを飲み込んで進むしかない。といっても、そんな綺麗事では人間は割り切れない。そんな時は、誰かに頼っていいんだ」

「頼る？」

「あぁ。アリアーヌはずっと、弱さを見せずに一人で戦ってきた。それは誇るべきことだ。でもこれからは、俺の前では弱さを見せてもいい。弱さを持っているのは、当然のことだ」

「いいんですの？」

「あぁ」

アリアーヌは強く顔を擦ると、くるっとこちらに顔を向けた。

「レイ。話を聞いてくださり、ありがとうございました」

頭を深く下げるアリアーヌ。

先ほどよりは少しだけ、元気そうな顔をしていた。

「正直、自分でもまだ整理はつきません。でも、レイ、アメリア、わたくしの三人で戦う中で、自分なりの答えを見つけようと思います」

「そうか。では、明日も訓練だ。戻ろうか」

踵(きびす)を返す。

深く掘り下げる必要はないだろう。

アリアーヌは強い人間だ。

もちろん、弱い部分もあるかもしれないが、乗り越えることができると俺は信じている。

そうして、家に戻ろうとすると右手に温かさを感じた。

「その……家に戻るまで、ダメですか？」

上目遣いで、アリアーヌはそう言っていた。

何がダメなのか、ということを聞くことはなかった。

俺はすぐに了承をする。

「構わない。さぁ明日も頑張ろう」

「はい！」

強く彼女の手を握り返す。

するとアリアーヌは指を俺の手に絡めてきたが、振り解くことなく俺は受け入れる。

俺とアリアーヌはきらめく星空に照らされながら、家に戻っていくのだった。


三連休の最終日がやってきた。

夕方には学院に戻るために移動しなければならないので、今日のメニューは夕方には終了する予定だ。

「逃げますわあああっ！」

疾走する。

森の中を縦横無尽に駆け回るアリアーヌを俺は追いかける。今回は以前とは異なり、全員が魔術を使用している。

だが、追いかけているのは俺一人であり、アリアーヌはステラと仮想チームという想定で戦っている。

今回の訓練のルールは、互いの胸にある薔薇を散らせば勝利というものだ。

「なるほど。そうきたか」

現在は、アリアーヌが突っ込んできたのでその相手をしているが、木の上からステラが虎視眈々と機会を狙っているのも把握している。

「まだまだですわっ！」

この短期間で、その近接格闘の練度はかなり上がっていっている。

それに、森の中での戦いもかなり熟知してきている。

足を取られないように、第一質料(プリママテリア)の配分を体全体にバランスよく施している。

そして、ついにアリアーヌは俺の腰に向かってタックルをしてきた。

その瞬間。

ステラがここぞとばかりに、俺にしがみ付いてこようとする。

おそらく流れとしては、ステラが俺を拘束してアリアーヌがとどめを刺すという算段なのだろうが。

「うわっ！」

上から突撃してきたステラの腕をがっしりと掴むと、思い切り放り投げる。空中でも受け身のとれるステラはくるっと反転すると、綺麗に受け身をとる。

と、次は意識の外からアリアーヌが尋常ではない速さで迫ってきていた。

後方。

完全に死角ではあるが、俺は素早くしゃがみ込む。

「くっ！」

空振り。

タイミングを完全に逸したアリアーヌは、胴がガラ空きになっていた。

俺は先ほどのステラと同様に、アリアーヌの腕を掴むと、彼女の体を空中に放り投げる。

アリアーヌもまた綺麗に受け身を取ると、森の中へと隠れる。

しばらくして、二人の気配が消える。

おそらくは態勢を立て直す気なのだろう。

「さて、どうくるか」

足をトントンと地面につけて、思い切り体を伸ばす。

二人が次はどんな攻撃で来るのか。俺はそれを、心待ちにする。

◇

「レイってば、本当に化け物ですわね」

三連休の訓練最終日。

わたくしはレイと戦っていました。

今までとは異なり、レイが魔術を使うようになってから、さらに理解することになりました。

彼は、本当に氷剣の魔術師であると。

圧倒的な格闘センスに、淀みない第一質料の操作。

一挙手一投足が洗練されており、こうして一緒に訓練をすることで、レイを深く知ることになりましたが……。

本当に同じ魔術師とは思えないほどでした。

「アリアーヌちゃん。どうしようか？」

ステラがそう尋ねてきます。

彼女はいつも明るくて、少し抜けているようにも思えますが、こと戦闘においてはレイと同じような風格があります。

「やはり、主軸はわたくしでいきますわ。どうにか隙を作りますので、ステラは作戦通り待っていてくださいまし」

「うん。分かったよ」

正直なところ、近接戦闘ではまだステラの方がわたくしよりも上だと思います。

しかし、試合に参加するのはステラではなくわたくし。

ここで弱気になっていてはダメですわ。

はっきりと言ってしまえば、レイはとても怖い。

纏っている雰囲気もそうですし、何よりも全て見透かしているようなあの瞳。

死角からの攻撃は通用しないでしょうし、真正面から戦っても勝ち目はない。

けれど、立ち向かっていかないといけない。

これは心の戦いでもあります。だからこそ、この訓練の前にステラにはある作戦を伝えてあります。

それを成功させるために、わたくしはレイと戦い続けないといけません。

きっとアメリアもこんな気持ちで、乗り越えてきたのでしょう。

わたくしは前に進んでいるようで、限界を乗り越えようとはしてきませんでしたが、今がその時なのですわ！

パンパンと頬を軽く叩くと、わたくしはレイに向かっていきます。

「……来たな」

スッと鋭い視線でこちらを射貫いてきます。

「はあああああっ！」

声を上げるのは、怯えている自分を鼓舞するため。

どれだけ攻撃しても、レイには軽くいなされてしまいます。

それに、常にステラの位置も捕捉しているようで、もはや隙はないと言っていいでしょう。

それでも戦い続けるのは、わたくしは勝機があると思っているからです。

おそらくは氷剣の魔術師として全力を出されてしまえば、どうしようもないのでしょうが、今の彼に勝てなくて、ルーカス＝フォルストに立ち向かえるはずもありません。

「甘い」

「ぐうっ！」

「それではダメだ」

「ぐううっ！」

何度も宙に飛ばされ、その度に心が折れそうになりますが、わたくしはあるタイミングを待っていました。

ステラが準備を終える、その時を。

そうしてついに……その時はやってきました。

「ステラ、今ですわ！」

声を出します。

レイはその瞬間、木の上にいるステラの方に軽く視線を逸らします。

もちろん、わたくしには攻撃されないように一定の距離感を保って。

しかし、木の上にあるのは、ステラを模した木の人形。

彼女の衣服を纏った衣服が、そこにあるだけでした。

「アリアーヌちゃん……っ！　今だよっ！」

地面から声が聞こえてきた瞬間、レイは全てを悟ったような顔をしていましたが、ステラの両手はしっかりと彼の両足を摑んでいました。

そう。

レイは、魔術領域暴走（オーバーヒート）のことがあって全力で魔術が使えません。常に気配を感じているのは、魔術的な力によるものではないのです。

視線と第六感ともいえるもので、動きを把握している。

ならば、それを逆手に取ることはできないのか、と考えた末の作戦でした。

ステラの衣服を纏った木の人形を用意し、一方の本人は地面の中で待ち構えている作戦。

見破られないかと焦りもありましたが、どうやら成功したようです。

「はあああああっ！」

このチャンスしかない。

そう思ってレイの胸にある薔薇を散らそうとしますが、彼も咄嗟（とっさ）に体を捻（ひね）ることで抵抗を見せます。

わたくしは、ここで固有魔術（オリジン）である鬼化（オーガ）を脚にだけ瞬間的に発動。

レイも知覚できない速度で一気に距離を詰めると、強引に彼の胸の薔薇を引きちぎることに成功しました。

「はぁ……はぁ……！　やりましたわっ！」

　どさっと尻餅をつくと、嬉しさから右手を上げます。

「アリアーヌ。作戦は君が？」

「え、えぇ」

「やられたな。俺の現状を分析した上で、最善の手だった。ステラの擬態を見破ることはできたかもしれないが、アリアーヌの攻撃が鬼気迫るものだったからこそ、分からなかった」

「そうでしたの？」

「あぁ。途中からステラは移動してないことには気がついていたが、そこまで気を回すことができなかった」

「でも……レイが本気を出せば」

「そんな仮定は必要ない。今の俺を分析して、それを実行して成功させた。それで十分だろう」

「うんうん！　アリアーヌちゃんはすごいよ！　お兄ちゃんと同じくらいね！」

　レイだけではなく、ステラもそう声をかけてくれます。

　思わず感極まって、泣きそうになりますがぐっと堪えます。

　わたくしはまだ途上です。

涙は、優勝の瞬間まで取っておきましょう。

「アリアーヌ訓練兵！」

「レンジャー！」

「ブートキャンプ、無事に修了だ」

「レンジャー！」

「これからアメリアも入れて、三人での連携を高めていく。よく頑張ったな」

「ふふ。これからですわよ！」

「あぁ。もちろんだ」

にこりと見せる、レイの微笑み。

ドキッと心臓が高鳴りますが、これは一体……？

「お兄ちゃん、アリアーヌちゃん！　私、応援に行くからね！　優勝してね！」

「あぁ。もちろんだ、ステラ」

よしよしとレイはステラの頭を撫でていますが、わたくしは自分の感情に戸惑っていました。

「アリアーヌ？　どうかしたのか？」

「い、いえ……！　なんでもありませんわ！　それでは帰りましょうか！」

「そうだな」

わたくしたちはそれから、ステラを真ん中にして一緒に手を繋いで家へと戻っていくのでした。

無事に三連休の訓練は終了。

別に劇的で、特別な何かがあったわけではありません。

ただ愚直に訓練に励んだ日々でした。

けれどきっと、変わりたいのなら、変わらずに努力し続けることが必要なのでしょう。

そのことをわたくしは、改めて理解しました。

でもこの胸に宿る想い（おも）は……？

その感情の名前を知るのは、もう少し先のことでした——。

◇

「うん。因果律蝶々（バタフライエフェクト）、かなり良くなったね」

「はい」

レイとアリアーヌが訓練をする中、アメリアもまたリーゼロッテのもと鍛錬に励んでいた。

もともと、リーゼロッテはレイから話がある前からアメリアのことを気にかけていた。

その理由は、同じ因果に干渉する魔術師だからだ。

あまりにも強力過ぎる魔術は、時に使用者本人を殺してしまう。そんな残酷な未来を避けるために、リーゼロッテはアメリアに声をかけるつもりではあった。

だからこそ、レイから話が来た時はすぐにリーゼロッテは了承したのだった。

またレイには借りがあるからこそ、受けたのもあったが。

「因果に干渉する魔術。それも、アメリアの場合は因果全てに干渉できる。初めて君の魔術を知った時、私は震えたよ」

「震えた、ですか？」

テーブルを挟んで向かい合っている二人。

リーゼロッテは、コーヒーの入っているカップにそっと手を添える。

「あぁ。アメリアの因果律蝶々（バタフライエフェクト）は、私の魔術の上位互換だと言っていい」

「そんなことは——」

アメリアは否定しようとするが、リーゼロッテは彼女の言葉を遮る。

「確かに、魔術師としての練度はまだ私の方が上だ。でも、因果律蝶々（バタフライエフェクト）の性質だけを見れば、一目瞭然。私は世界に存在する因果の一部にしか介入できないが、君は、因果の全てに介入できる。七大魔術師になる器さ」

「私がそんな……」

アメリアは僅かに顔を伏せる。

「今は実感が湧かないかもしれないが、事実だよ。それに七大魔術師は巡る上に、レイ＝ホワイトもいる。ある種、アメリアが因果律蝶々（バタフライエフェクト）を発現させたのは必然だったのかもしれない」

「……？　どういう意味ですか？」

「いや、すまない。なんでもないよ」

スッと視線を横に逸らすと、リーゼロッテは話を変える。

「アメリア。もう君は、ここには来なくてもいい」

「ということは、終わりですか？」

「あぁ。最低限のことは教えた。あとは君次第だ。レイ＝ホワイトへの借りも、これで返すことができただろう」

「そういえば、レイとはどういう関係なんですか？」

アメリアはずっと気になっていた。そもそも、レイはあまりにも女性の知り合いが多い。それに美人ばかり。

アメリアが焦るのも無理はなかった。

「気になるのかい？」

「えっと……その」

言葉をはっきりとさせず、アメリアは俯いてしまう。

一連の流れで、リーゼロッテはアメリアの気持ちを察した。

「恋人だよ」

「え⁉」

「嘘だよ」

「や、やめてください。リーゼさんの冗談は、本当に分かりにくいんですから……」

「ははは。すまない。でも、君が気にするような関係じゃない。彼の相手は君のような、同じ歳の人間がいいよ。それに魔術師としての格も釣り合っている。貴族は血統主義だろう？　彼との婚約も認めてくれるんじゃないかい？　一般人とはいえ、彼は史上最年少の七大魔術師だからね。十分過ぎるほどの才能だろう」

「こ、婚約なんてそんなっ！　で、でも……そう思いますか？」

「あぁ。お似合いじゃないか」

「え、えへへ……」

アメリアは言葉では否定しているが、そう言われて頬が緩んでいるのは隠し切れていなかった。

「ま、若者同士頑張ってくれ。私は遠くから見守っているよ」

リーゼロッテはエヴァンを殺すことで、愛という感情を知った。

彼女がこうしてアメリアを応援できるのも、その感情を知ったからこそだ。

人は変わる。

少しずつだが、リーゼロッテもまた前に進んでいるのだった。

「アメリア。健闘を祈っているよ。今回は私も観戦に行くから、優勝してくれ」

「はい！　ありがとうございます！」

アメリアもまた確実に成長していくのだった。

魔術師として、そして恋する乙女としても。

第三章　大規模魔術戦（マギクス・ウォー）、開幕

ついに大会当日がやってきた。

三連休での訓練を終え、アメリアもリーゼさんのもとで鍛錬を重ねてきた。

最後の方は、三人で予選と本戦に向けて連携力を高めたり、作戦を考えたりして、十分に準備をすることができた。

あとは、大会でその成果を発揮するだけだ。

「それでは選手入場です」

選手たちが入場していく。どうやら観客席は満員のようで、この大規模魔術戦（マギクス・ウォー）がかなり盛り上がっているのは間違いないようだった。

ふと観客席を見ると、クラリスとエリサが一緒にいるのが見えた。それに、隣にはステラも一緒にいた。まだ二人には紹介してないのだが……どこかで偶然出会ったのだろうか。

ステラは俺たちに向かって元気よく手を振っていたので、こちらもそれに応じる。

そして、アリアーヌを先頭にしてチーム：オルグレンが入場していく最中、俺に視線が注がれているのを感じ取る。

やはり、三大貴族が二人のチームに一般人（オーディナリー）がいるというのは目立つようだった。

明らかに嫌悪している視線も混ざっているが、こればかりは、大会で実力を示すしかないだろう。

「さて、諸君。今回の大会は急遽(きゅうきょ)決まったものだが、こうして、これだけの生徒が参加してくれたことに感謝を示したいと思う」

開会式の挨拶は、魔術剣士競技大会(マギクス・シュバリエ)の時と同様にアビーさんが行う。いつものように凛(りん)とした表情と声音で、言葉を紡ぐ。

「魔術剣士競技大会(マギクス・シュバリエ)とは異なり、今回は団体戦。加えて、拠点占有と攻城戦という特殊な試合になる。この大会のために、それぞれがトレーニングを積んできたことだろう。しかし、優勝できるのは一つのチームだけ。学生たちよ。是非、その頂を目指して切磋琢磨(せっさたくま)してほしい。以上が、私からの言葉になる。素晴らしい試合を期待している」

軽く頭を下げると、壇上から降りていく。

しばらく挨拶が続いて、開会式が無事に終了することになった。俺たちは初戦ということで、すぐにカフカの森へと移動しなければならない。

カフカの森は普段は魔物がうろついているが、今回は大会のためにいろいろと整備などがなされたようだ。生態系を壊すわけにもいかないので、もといた魔物は試合するエリア外にいるらしい。

円形闘技場(コロッセオ)を出て早速カフカの森へと行こうとすると、パタパタと向こうから走ってくるのは、レベッカ先輩だった。

「はぁ……はぁ……よかったです。間に合って」

「レベッカ先輩？　どうかしましたか？」

するると、彼女はポケットから小さな何かを取り出した。

「これ。お守りです」

「お守り、ですか？」

「はい。きっと優勝できるようにと、想いを込めました」

「本当に嬉しいです。ありがとうございます」

そして、レベッカ先輩はアメリアとアリアーヌの方にも向かっていく。

「お二人もどうぞ」

「あ、ありがとうございます」

「ありがとうございます！」

アメリアとアリアーヌは元気よくお礼をしている。

「それでは、健闘を祈っていますね」

再び俺のところへと戻ってくると、ギュッと俺の両手を包み込んでくる。そんな先輩の瞳はわずかに潤んでいた。それに頬も赤く染まっているような気がした。

先輩は、そのまますぐに去っていく。試合直前ということで、気を遣ってくれたのだろう。

その後は、エリサ、クラリス、それにステラの三人がやって来た。

「お兄ちゃん！」

「おっと。今日も元気だな」

「うん！」

いつものように飛びついてくるので、優しくステラを受け止める。

「ステラちゃんは可愛(かわい)いね」

「本当にレイの妹って感じね」

「二人はいつステラと？」

「ん？　一人でキョロキョロしているから、声をかけたのよ。迷子かもって思って。そしたらレイの妹って言うから、一緒に観戦でもしようかなって話になって」

「なるほど」

クラリスの話を聞いて納得する。

「レイくん！　頑張ってね！　アメリアちゃんも、オルグレンさんも、応援してるよ！」

「私も特別に応援してあげるわ！　負けるんじゃないわよ！」

激励の言葉を、俺たちは受け取る。

どうやら、なおさら負けるわけにはいかなくなったな。

「あ。えっと、アメリア＝ローズさんですか？　お兄ちゃんの妹のステラって言います。お兄ちゃんをよろしくお願いします！」

「ステラちゃん、よね？　三人で勝ってくるわ。見ていてね？」

「はい！」

俺たちはそうして、ついに初戦へと向かう。

◇

「ふんふんふ～ん」

「とても上機嫌ですね」

「当たり前だろう！　レイの活躍を見ることができるからなっ！」

カーラとリディア。

この二人もまた、円形闘技場（コロッセオ）にやって来ていた。

もちろんその目当ては、レイだ。

リディアはいつになく嬉しそうな声をあげる。

彼をこうして表舞台で見ることができて、一番喜んでいるのはおそらく彼女だろう。

「それにしても、レイの悪い噂(うわさ)をよく聞くな」

リディアはカーラに車椅子を押してもらいながら、そう漏らす。

「はい。しかし、血統主義の貴族内では当たり前なのでしょうね」

「あぁ。本当はレイのことを悪く言ったやつを全て抹殺したいが……まぁ、いいだろう。きっと今回の大会の活躍で、レイのことを認めるしかなくなるからな。ククク……アホ貴族どもの顔が目に浮かぶ」

「……」

主人が明らかに貴族を馬鹿にしているが、カーラも特に言うことはなかった。彼女もまた、行き過ぎた血統主義には辟易(へきえき)しているからだ。

と、二人の視線の先に一際目立つ人物を発見する。

真っ黒なロングコートを羽織り、純白の髪を微(かす)かに揺らしている女性。

「リーゼ。もう来ていたのか」

後ろから声をかけると、その場で踵(きびす)を返す。

「リディア先輩。それにカーラさんも。どうも」

「で、どうしてここに来たんだ？」

リーゼの中で、色々と心境の変化があったのは知っている。しかし、まさかこのような場所に彼女がくるとは思っていなかったので、リディアは少しだけ驚いてしまう。

「試合を見に来ました。レイ＝ホワイトとアメリアが出るということで」

「おぉ！　お前もレイの良さを分かっているようだなっ！」

「もちろんです。それとアメリア＝ローズには、魔術を教えたので」

その言葉を聞いて、リディアは「あぁ」と納得したかのような声を漏らす。

「そういえば、レイに頼まれていたな」

「はい。彼は優しいですね」

「ふふ。もちろんだ。私の弟子だぞ？」

「それもそうですね」

「いいか。レイのことを話すと長くなるが──」

時はすでに遅かった。

レイのことになるとリディアが暴走するのは以前経験している。

しかし、ついぽろっと漏らしてしまってから、怒濤(どとう)の勢いでレイのことを語り続けるリディアに流石(さすが)にリーゼロッテも辟易してしまうのだった。

ちなみに、カーラはすでに慣れているので今更何も思うところはなかった。

ただし、二人の心境は間違いなく一致していた。

──あぁ。早く終わってくれないかな、と。

「それでその時、レイが――」

その後。

一時間以上にわたって、リディアの話は続くのだった。

◇

大規模魔術戦（マギクス・ウォー）。

予選はA～Gグループに分かれ、各グループに六チームが振り分けられている。そこでリーグ戦を行い、上位二チームが本戦へと駒を進めることができる。

本戦からはリーグ戦ではなく、トーナメント形式になるため敗北すればそこで終了。

一方で、予選はリーグ戦ということで、敗北したとしてもまだ挽回（ばんかい）の余地がある。

もちろん、俺たちは全戦全勝を目標にして予選を抜けるつもりだ。

Aグループ第一試合。

それが、俺たちの初戦であり、この大会の始まりでもある。

俺たちは簡易的に設置された、男女分かれた更衣室で着替えをする。

今回は森での戦闘ということで、軍で採用されている訓練着を配給されている。色合いはカーキを基調としており、森の中では保護色になるだろう。それを踏まえた上で、戦闘を繰り広げていく必要がある。

「二人とも、準備はできているか？」

「ええ」

「もちろんですわ！」

カフカの森の前に集合ということで、俺たちは集まっていた。

現在の時刻は、十一時三十分。あと三十分も経過すれば、試合が始まる。

この場は緊張感に包まれていた。

基本的には、試合の様子は円形闘技場（コロッセオ）での中継。さらには、学院の中にも投影魔術で転写される予定らしい。

魔術剣士競技大会（マギクス・シュバリエ）以上に注目を集めている今回の大会。

俺も多少なりとも、緊張感を覚えていた。

試合の始まりを待っていると、審判である教諭たちが到着する。

今回はどうやら、キャロルとアビーさん、それに他の学院の教諭も審判として参加してくれるらしい。

「レイ。久しぶりだな」

「はい。お久しぶりです」

「これは今回の試合の拠点だ。全五箇所に設定してある。それと試合に使用する魔道具だ」

「頂戴いたします」

俺は資料と魔道具を受け取る。

アビーさんからいただいた資料は、今回の試合の拠点を示したものだ。

ハートネット先輩たちも、キャロルからその資料をもらっている。

大規模魔術戦（マギクス・ウォー）の予選である拠点占有では、拠点は試合の前に設定され、選手は事前に知らされることになる。

「あまり、こういうのはよくないと分かっているが……」

すると、コソッとアビーさんが耳打ちをしてくる。

「応援している。頑張れよ、レイ」

「はい……ありがとうございます」

軽く頭を下げると、すぐにその資料を持って二人と合流する。

「二人とも。最後のミーティングだ」

アメリアとアリアーヌと最後のミーティングをする。

「それでは、両チームともに準備はいいな」

試合開始五分前。

　ついにこの時がやってきた。

　向かい合う互いのチーム。

　視線が交わるが、対戦相手であるシャーロット＝ハートネット先輩は見下すようにして俺のことをじっと見つめる。

　綺麗（きれい）な色素の薄い翠色（みどりいろ）の髪。

　顔も非常に整っており、少しだけ目は鋭い印象だ。

「おーっほっほっほっ！　完封して差し上げますわっ！　所詮はただの一般人（オーディナリー）！　軽く捻（ひね）ってあげましょうっ！」

　ハートネット先輩は、高らかに笑う。

　後ろには、双子のメイドが控えていた。

　ケイシー＝シャーリエとキャシー＝シャーリエ。

　二人はハートネット先輩を肯定するように、紙吹雪を撒（ま）き散（ち）らしている。

「流石はお嬢様！」

「お嬢様は、世界一です！」

「ふふ。たとえ三大貴族であろうとも、一般人（オーディナリー）がいるチームには負けません。才能の差というものを、見せて差し上げましょう」

　この様子は中継されており、目立つことを目的としているのだろうか。

一方で俺たちは、淡々とその様子を見つめる。

互いにアイコンタクトを交わして頷く。もう言葉はいらない。後は戦いに集中するだけだ。

今回の試合の審判であるアビーさんは、互いのチームから了承を得ると、ついに試合開始を告げる。

「それでは大規模魔術戦、予選第一試合——開始ッ!!」

その声を認識したと同時に、一気に体内に内部コードを走らせる。

次々と駆けていく六人の魔術師。

その中でも、トップに躍り出るのは俺とハートネット先輩。後ろには、それぞれのチームメンバーが帯同している。

「ふふふっ！　どうやら、内部コードの扱いは中々みたいねっ！」

その言葉に応えることなく、俺は後ろの二人に告げる。

「アメリア。アリアーヌ。さらに上げる」

「了解よ」

「了解ですわ」

加速。

さらに森の中を駆け抜けていく。

後ろからは、「なぁっ!?」という声が聞こえてきたが、完全に置き去りにしてしまったので、声は遠くなっていく。

第一拠点は絶対に全て取り切ると決めているのだ。そのため、ほぼ全力でその拠点へと疾走している。

今回の試合に際して、相手チームのデータは全て揃ってている。

シャーロット＝ハートネット。

ケイシー＝シャーリエ。

キャシー＝シャーリエ。

三人ともに、近接戦ではなく、遠距離の魔術に特化した魔術師だ。

いくら魔術が得意だろうと、この森の中を単純に駆け抜けることに関しては、俺たちの方が上だ。

それに、先ほど併走した時に理解できたが、どうやら森での戦闘は不慣れなようだ。

予選の拠点占有では、三つの拠点を全て占有できれば勝利を確定させることができる。

互いの実力が拮抗している場合は、時間切れの後に、どちらの方が第一質料の保有量が多いかで決まる。

俺たちは、今回は最後の第五拠点まで試合を展開するつもりはなかった。

「よし。着いたな。二人とも、配置に」

「ええ」

「よし！　やってやりますわっ！」

アメリアが胸から下げている魔道具を保持したまま、拠点の中へと入る。

すると、その透明な筒状になっている魔道具の中に、真っ赤な第一質料が蓄積されていく。

第一拠点は俺たちが先にたどり着いた。

ここから先は、防衛戦。

俺とアリアーヌが前衛で、アメリアは後衛からのサポートになる。

「おーっほっほっほっ！　どうやら、逃げ足だけは速いみたいねっ！」

視線が交差する。

敵チームの三人が到着して、睨み合いとなるが、すぐに戦いが幕を開けた。

「ケイシー！　キャシー！　やるわよっ！」

「「はい。お嬢様」」

すぐに魔術を発動しようとする三人。

だが、そこには魔術を構築する時間が絶対的に存在する。それを逃す俺とアリアーヌではない。

森の中を疾走していくと、戦闘を超近接距離（クロスレンジ）へと持っていく。

木々の間を縫うようにして、互いにカフカの森の中を駆け抜けていく。

この拠点では、俺の相手はシャーリエ姉妹の二人。

アリアーヌの相手はハートネット先輩。

これは、試合の前から決めていたことだ。

そして、アメリアのサポートのメインはアリアーヌの方に設定してもらっている。

脳内で一気にコードを走らせる。

俺が発動する魔術は、氷壁（アイスウォール）。

分断するようにして、そびえ立つ氷の壁を生成。

自分にかけていた、体内時間固定（クロノスロック）はすでにレベッカ先輩に譲渡している。

そのため、今はまだ完全ではないが、簡単な魔術はこうして使うことができる。

感覚的に、魔術領域暴走（オーバーヒート）の心配もなさそうだった。

「魔術……？」

「しかも、高速魔術（クイック）でこの精度？」

シャーリエ姉妹は、訝しげに俺のことを見つめてくる。

相手も情報を集めていたのだろうが、おそらく俺が満足に魔術を使えないという情報は摑んでいたはず。

だというのに、高速魔術でこの規模の氷壁を使用する。

これは、他のチームへのアピールという側面もあった。

レイ＝ホワイトは魔術も使える。

そのことを焼き付けておく必要があるからだ。

「さて。先輩方。ここから先は、自分と戦ってもらいます」

「レイ＝ホワイト」

「あなたの実力は」

「どうやら、私たちの」

「情報を上回っている」

「ようですね」

シャーリエ姉妹は、指を絡ませるようにして互いの手を握りしめる。

そうして、高速魔術で発動するのは……暴風だった。

しかも、俺を囲むようにして発動している。

おそらく動きを封じるつもりなのだろうが、まだ甘い。

すぐにその場から飛び立つと、木から木へと跳躍していく。

木々の上を高速で疾走していくと、瞬時に二人の背後へと降り立つ。

「申し訳ありません。少し、覚悟してください」

「「え……？」」

声が重なる。

それと同時に、俺は二人の腕を掴むと、乱暴に宙に投げ飛ばす。

森の中を転がっていく先輩たちだが、どうやらしっかりと受け身を取ることはできているようだった。

手元の時計を見ると、すでに時間は四分半ほど経過している。

後三十秒もすれば、移動開始だ。

相手もまた、どうやら第一拠点は捨てたようで、すぐに移動を開始する。

どうやら最低限、判断できるだけのリソースは残っているようだ。

決して熱くなりすぎているわけではなく、冷静に戦局を眺めているみたいだ。

俺たちは合流してから、すぐに次のポイントに向かう。

「二人とも。まだいけるか？」

「もちろん！　次のポイントも全部取るわっ！」

「わたくしもいけますわっ！　このまま作戦通りにいきましょうっ！」

気合十分。

どうやら二人の連携で、ハートネット先輩を押さえ込むことができたようだ。

そうして俺たちは、次のポイントへと疾走していくのだった。

勝利まで油断することはできないが、俺は確かな手応えを感じ取っていた。

◇

「強い。というか、強かですね。彼は」

「ふふふ。私が手塩にかけて育てたからな。当然だろう」

円形闘技場。モニターが最もよく見える最前席にいるのは、リディア、カーラ、そしてリーゼロッテだった。

カーラが三人分の席を用意し、こうして今は試合を観戦している。

現在は第一拠点をレイたちが全て押さえて、次の第二拠点へと移動している最中だ。

「おそらくレイは、この試合を早期に決めるつもりだろう。それも、完璧な戦術の上でな」

「そうなのですか？」

「あぁ。本当に、私によく似ているな。ふふ」

笑みが溢れる。

しかし、それもそうだろう。リディアはずっと、レイが活躍する姿を渇望していたのだ。今まではストーカー紛いの行為で、覗き見するだけだったが今はこうしてしっかりと見ることができる。

それに、戦い方が自分に似ていることもリディアは嬉しかった。

流石は親バカ……というべきなのだが、誰もそんなツッコミはもはやしない。

「お。次のポイントに入りましたね。それにしても、彼のチームは練度が高い。森での戦いを熟知している感じですね」

「そうだな。レイは当然だが、アメリア＝ローズもアリアーヌ＝オルグレンもかなり仕上がっているな。おそらく、レイの指導が良いんだろう」

と、冷静に現状を分析する。といっても、レイに対しての評価は依然として高いままだが。

「そういえば、アメリア＝ローズはリーゼも少し面倒をみたんだろう？」

「はい。レイ＝ホワイトに頼まれて、魔術を指導しました」

「……どうだった？」

その声音は真剣なものだった。

アメリア＝ローズ。おそらく、七大魔術師に最も近い魔術師は彼女だろう。

あまりにも強大すぎる、因果に干渉する魔術。

それをどのように指導したのか、リディアは興味があったのだ。

「そうですね。所感ですが、おそらく次の七大魔術師になるかと」

「やはりそうか」

「ええ。私もそろそろ引退を考えていましてね」

「……もう、来ているのか？」

「はい。先輩方も同じでしょう？　リディア先輩は早かったようですが」

視線が交錯する。

その言葉が何を意味しているのか。二人にとってそれは、暗黙の了解だった。

「やはり、仮説は正しいようだな」

「はい。七大魔術師は、巡るのです。同じ周期を以（もっ）て。例外は存在しますが、基本的な構造は同じでしょう」

「しかし、その原因は不明。分かっているのは、周期だけ……か」

「真理世界（アーカーシャ）に意志でもあるのでしょうか」

リーゼがそう尋ねるが、リディアは軽く肩を竦（すく）める。

「さぁ、な。あれを知覚できるのはレイだけだ。それも、あの状態の時にしか知覚できないらしい」

「そうですか。それはあまりにも危険ですね」

「あぁ。あれは触れてはならない。私も、全てを失いかけたからな」

その話題はそこで打ち切り、二人は試合に意識を向ける。

「この試合。レイたちの勝利だな」

「そうですか？　相手もかなり肉薄しているようですが」

「レイがそうさせているだけだな。おそらくは、第四拠点で決着がつく」

「第四？　第三ではなく？」

「あぁ。早期に決めるといっても、相手に一ポイントも与えないつもりではない。おそらくは、今後のことも見据えているんだろうな。本当にレイのチームは練度が高い。相手になるのは、ルーカス＝フォルストのチームだけだろうな」

「絶刀ですか」

絶刀の魔術師が引き継がれているのは、すでに二人とも知っている。そして、先代からの因縁ももちろん理解している。

それが今の絶刀の魔術師まで引き継がれているかどうかまでは知らないが……確実にルーカス＝フォルストはレイに対して何かしら思うところがあるだろうと考えていた。

「さて、状況が動くぞ」

リディアの言葉と同時に、試合はさらに大きく展開していくことになる。

◇

第二拠点。

先に移動されてしまったが、俺たちはすぐに追い越すと拠点を占拠。

その後は、作戦通りに行動を推移させて三人の動きを完璧に封じた。

相手も焦り始めているのか魔術に乱れが見えている。

そして、第二拠点にあっさりと見切りを付けると、チーム：ハートネットはすぐに第三拠点へと移動して行った。

「順調ですわね」

「あぁ。かなり焦っているようだな」

残り時間は一分。

おそらくは、この拠点のポイントも全て占拠出来るだろう。

アメリアの胸から下げられている魔道具には、三分の二ほど真っ赤な第一質料（プリママテリア）が蓄積されていた。

「アメリア。次も作戦通りに行こう」

「ええ。分かったわ」

俺たちもまた次の拠点へと疾走していく。

第三拠点へと到着すると、すでに拠点を占拠している三人が俺たちをじっと睨みつける。

じっと目を凝らすと、周囲には遅延魔術が敷かれているようだったが、この行動はすでに予想できている。

「いくぞ。二人とも」

「ええ」

「分かりましたわ」

この試合は、第三拠点で終わらせる。

まだ油断はできないが、その気概で俺たちは三度目の戦いに臨む。

「——やってくれましたね」

ギリッと歯を食いしばってやってきたハートネット先輩の瞳には、怒りが宿っていた。

美しい顔を歪めながら、力強く拳を握っている。

「よくもこんな真似をっ！　恥をかかせてくれましたねっ！」

その怒りの声に向かい合う俺たちだが、動揺はしない。

「いいでしょう。本戦まで取っておくつもりでしたが、本気を出してあげます。光栄に思いなさい？」

瞬間。

大量の第一質料（プリママテリア）が彼女の元へと収束していく。

兆候から察するに発動する魔術は、大規模魔術（エクステンシブ）か大規模連鎖魔術（エクステンシブチェイン）。

いやこの規模は……。

「アリアーヌ！　固有魔術（オリジン）だ！　止めるぞ！」

「はいですわ！」

それを阻止しようとすでに動き始めていた俺たちだが、その前にはシャーリエ姉妹が立ちはだかる。

顕現（けんげん）するのは、分厚い氷の壁。

ここで力を使い切ったとしても、ハートネット先輩の魔術を発動させる気なのだろう。

絶対に守り切るという意志を持ったシャーリエ姉妹の魔術は、俺とアリアーヌで、すぐに突破することはできなかった。

攻めあぐねている間にも、ハートネット先輩の魔術構築が終了する。

「さぁ。私の庭で踊りなさい」

その言葉の後に出現したのは、見渡す限りのどこまでも透き通るような深緑（しんりょく）の世界だった。

「――翠玉の庭（エメラルドガーデン）」

展開される固有魔術（オリジン）は翠玉の庭（エメラルドガーデン）。

その名の通り、目の前には深い緑色の世界が広がっていく。

俺は翠玉の庭（エメラルドガーデン）のことを知っている。知り合いに、使い手がいるからだが……まさか奥の手でこれを用意していたとは。

この固有魔術（オリジン）の特徴は広域干渉（こういきかんしょう）系であり、指定した範囲の第一質料（プリママテリア）を操作することにある。

また、変幻自在に伸びる植物のツルを触手のように操ることもできる。

俺はすぐに思考を切り替えると、二人に指示を下す。

「アメリアッ！　アリアーヌッ！　拠点を死守しろッ！　最前線は俺一人で行くッ！」

「レイ！　わたくしも加勢にいきますわっ！」

「いや、今回は俺に任せて欲しい。信じてくれるか？」

「分かりましたわ！　レイ、お気をつけてっ！」

あと少しで勝利というところで出現した固有魔術（オリジン）。

拠点は二人に任せて、俺は一人で立ち向かうことにした。

翠玉の庭（エメラルドガーデン）の厄介なところは、第一質料（プリママテリア）を操作するという一点にある。

ルール上、拠点内の第一質料（プリママテリア）を操作することは禁止されているが、それ以外であればハートネット先輩は自分の意思で第一質料（プリママテリア）を操作できる。

詰まるところ、自分に十分な第一質料（プリママテリア）を収束させ、俺たちには極力第一質料（プリママテリア）を与えない。

そうすることで、相手は自由に魔術を使用でき、こちらは十分な魔術を使えないことになる。

強化（バフ）と弱体化（デバフ）という二つの効果を持ち合わせ、厄介極まりない固有魔術（オリジン）である。

「やるしかないか」

ボソリと呟（つぶや）く。

この局面を予想していなかったとはいえ、あと四分持（も）ち堪（こた）えればポイントは全て取得することができる。

その瞬間、こちらの勝利は確定。

その間に俺は、翠玉の庭（エメラルドガーデン）を生み出しているハートネット先輩に相対するしかない。

「さぁ。私の庭で踊りなさいっ！」

刹那。

突出している俺を捕獲するようにして、一気に無数の触手のように蠢（うごめ）くツルが頭上から迫ってくる。

知覚して、すぐに躱（かわ）す。

だが、その攻撃はさらに物量を増していく。

この森という地形も相まって、彼女の翠玉の庭（エメラルドガーデン）は最大限の威力を発揮している。

周囲にあふれる、可視化しているほどの淡い翠色をした第一質料（プリママテリア）。

一気に彼女を覆っていき、中央の花はさらに大きく肥大化していく。

一方で、俺たちの方には第一質料（プリママテリア）が流れてこない。

決してなくなるわけではないが、循環が悪い。このままでは、ろくに魔術は使用できない。

ただ不幸中の幸いなのか、俺とアリアーヌは内部（インサイド）コードを主軸として戦っている。

アメリアの戦力は大幅ダウンだが、俺が決着をつける。

俺は、一気にコードを走らせると、細い氷の剣を生み出す。

氷剣ほどではないが、十分これでも戦える程度には強化（バフ）してある。

氷の剣を右手に握り締めると、一気に大地を駆け抜けていく。

周囲の景色が一気に流れていく。

疾走していくと、搦（から）めとるように再びツルが俺に襲いかかってくるが、その全てをこの剣で切り裂いていく。

「……くっ！　あまり私を舐（な）めないことねっ！」

さらに生み出されるのは、粉塵（ふんじん）。

花粉の類いであり、視界が一気に悪くなる。

だが俺は戦闘に関しては、この視界だけに頼ってしているわけではない。

一瞬だけになるが、絶対不可侵領域（アンチマテリアルフィールド）の還元領域と知覚領域を展開。

触手の位置と、ハートネット先輩を覆っている花の核を発見した。

「スゥ――」

冷静に行動を開始する。

深く意識を落とすように、地面を踏み締める。

そうしてついに、射程距離（キリングレンジ）へと入る。

これからの布石のためにも、この翠玉の庭（エメラルドガーデン）は俺一人で打ち破るッ!!

「お嬢様っ！」

「危ないですっ!!」

その花に近づいていくと、倒れていたはずのシャーリエ姉妹が、庇（かば）うようにして現れた。

魔術はもう使えないというのに、身一つで庇う姿には感嘆を覚えるが、今はそれをあしらうしかない。

俺は飛翔（ひしょう）することで二人を避（よ）けると、苦悶（くもん）の表情を浮かべているハートネット先輩の元へと駆け抜けていく。

「ひッ！」

中心部にたどり着いた俺は、花弁を切り裂くと、中央にある先輩の元へと到着。

地面に埋め込まれている翠の大きな塊に剣を突き刺した。

すると、展開されていた翠玉の庭（エメラルドガーデン）が、パッと綺麗な翠の第一質料（プリママテリア）へと戻っていく。

同時に、森の中に大きなサイレンの音が響き渡る。

「勝者はチーム：オルグレン」

試合終了の声が、魔術によって森の中で反響する。

目の前にいるハートネット先輩は、呆然（ぼうぜん）とした表情でその場にぺたんと座り込む。

「ま、負け？　私たちの、負け……？」

ボソリと呟く。その姿は、まだ自分の敗北を受け入れることができていないようだった。

俺はそんな彼女の元に歩みを進めると、感謝の言葉を述べる。

「ハートネット先輩。素晴らしい魔術でした。それに、とても楽しい試合でした。ありがとうございました」

依然として彼女は、あり得ないものを見た、という表情をしていた。

「あ、あなたは何者なの？　本当に一般人（オーディナリー）なの？」

「はい。しかし、魔術師の技量とは血統だけで決まるものではありません」

「そう……そうなのね」

俯（うつむ）いてから、俺に向かってスッと手を伸ばしてくる。

試合の前は拒否されたのに、彼女から手を差し出してくるのは意外だった。

「レイ＝ホワイト。認めましょう。今回は、私の完敗であると」

グッとその手を握る。

その言葉が出て来たのは、意外だった。

彼女は真正面から打ち破っても、決して俺のことは認めてくれないと思っていたからだ。

「失礼な言葉になりますが、認めてくれるのですか？」

「切り札の翠玉の庭（エメラルドガーデン）を真正面から打ち破られて、あなたを否定するほど私は落ちぶれてはいません。世界は広い。そういうことにしておきましょう。熱くなりましたが、いい試合でした。ありがとう」

「こちらこそ」

「そ……その、あなたの戦っている姿はちょっと――」

言葉の最後はあまり聞こえなかったが、顔が少しだけ試合中よりも赤くなっているような気がした。

「？　すみません。聞き取れなかったのですが」

「な、なんでもないですっ！　とりあえずは、認めてあげますっ！」

貴族としての矜持(きょうじ)はあるのだろうが、こうして認める器を兼ね備えているのは、流石は上流貴族の令嬢と言ったところだろうか。

そして、後ろからアメリアとアリアーヌがやってくる。

「レイ！　勝ったわ！　やったわねっ！」

「レイ！　やりましたわねっ！」

「うおっ！」

アメリアが飛びついてくると、続いてアリアーヌもまた思い切り抱きついてくる。

興奮が止(や)まないのか、二人とも今回の勝利を讃(たた)え合う。

「すごいわっ！　私たち、勝ったのよ！」

「訓練の成果が出ましたわっ！」

「あぁ。三人で勝ち取った勝利だ」

大規模魔術戦(マギクス・ウォー)、予選。

第一試合は、チーム：オルグレンが快勝で幕を閉じた。

ついに俺たちの予選での試合が終わろうとしていた。

今までの試合は全戦全勝。

すでに予選突破は確定しているが、手を抜くことはない。

一番の障害はチーム：ハートネットだったようで、残りの試合はスムーズに進行することができた。

森の中に大きなサイレンの音が響き渡る。

「勝者は、チーム：オルグレン」

そのアナウンスを聞いて、パァッと顔を綻ばせたアリアーヌが俺のもとに走ってくると、そのまま思い切り抱きついてきた。

しっかりと受け止めると、彼女は嬉しそうに声を上げる。

「やった！　やりましたわっ！　勝ちましたわっ！」

「あぁ。そうだな」

「しかも、全勝ですわっ！　わたくしたちは、すごいですわっ！」

「俺たちのチームワークはかなりの高水準に達している。当然だな」

「レイ！　本当にやりましたわねっ！」

と、二人で試合の結果を喜んでいると、後ろからアメリアがやってくる。

「……アリアーヌ。嬉しいのはわかるけど、レイに抱きつきすぎじゃない？」

凜とした声が、俺たちの耳に入る。

アリアーヌは顔を真っ赤に染めて、すぐにバッと俺から離れる。

「あっ！　も、申し訳ないですわ。つい、感極まってしまって……」

「ま、気持ちは分からないでもないけど」

俺はアメリアとも拳をコツンと合わせる。

「やったわね。レイ」

「目標通り、全戦全勝だな」

「ええ。始まる前は不安もあったけど、こうして無事に達成することができたわね」

「あぁ。それにしても、アメリアは魔術の精度がかなり向上したな」

「そう？」

「間違いない」

「えへへ。そう言ってもらえて、ちょっと嬉しい」

嬉しそうにはにかむアメリアだが、決してそれはお世辞などではない。

おそらくは、因果律蝶々（バタフライエフェクト）の制御に際して全体的な魔術の技量が底上げされているのだろう。

因果律蝶々（バタフライエフェクト）は膨大な魔術領域の中に、精密なコードの構築を必要とする。

先天的に持っている莫大な魔術領域と後天的に獲得した精密なコード構築の技術。

今までは、その魔術領域をフルに活用できていなかったのだろう。

今は、それの性能をしっかりと発揮して魔術を行使している。

アメリア本人はピンときていないようだが、その成長は目覚ましいものがある。

「アリアーヌも、非常によくなってきたな。俺との連携の相性もバッチリだ」

「相性がバッチリ⁉」

「？　今までの試合を通じて、俺はそう思ったが」

「あ……試合のことですのね。それはもちろんですわっ！」

大きな胸を張って、アリアーヌは高らかに声を上げる。

アリアーヌもまた、試合を通じて成長を果たしていた。何よりも状況を俯瞰的に観ることができるようになっている。

俺とアメリアの位置を俯瞰的に把握して、自分はどのように立ち回るべきなのか。それに、基本的な魔術の技能も向上している。

前線で俺と戦い続けた経験が活きてきているようで、本当によかった。

「ついに本戦だな」

本選。

既に大本命である、ルーカス＝フォルストのチームも本選出場を確定させている。

今となっては、圧倒的な優勝候補とされているほどだ。

「そうですわね」

「本戦かぁ。攻城戦だよね。それに、休憩できる時間も少ないみたいだし厳しい戦いになりそうね」

「そうだ。二日ほど休暇を挟むが、そこから先はノンストップで一気に決勝戦まで試合がある。ここでしっかりと休息をとっておこう」

「分かりましたわっ！」

「そうね」

俺たちの予選は、無事に全戦全勝という形で終了した。

◇

予選も終了し、三人で会場の外を歩きながら会話をしていると、一人の少女が苦しそうに顔を伏せてしゃがんでいる姿を発見する。

帽子をかぶっており、顔は良く見えないが、綺麗な銀色の髪が帽子から零(こぼ)れていた。

俺はすぐに近寄って、声をかける。

「大丈夫ですか？」

「ふふふ」

「ん？」

なぜか不敵な笑い声が耳に入る。

帽子を深くかぶっていて、顔が良く見えなかったが……この人はもしかして。

「じゃーん！　ボクでしたっ！」

帽子をパッと取って、勢いよく立ち上がる。

パラパラと舞う銀色の髪と、美しく整った顔立ちが目に入る。

服装は目立たない暗めの色ではあるが、良く見ると上質な布を使っているのが分かった。

おそらくは、軽い変装をしていたのだろう。

「お、オリヴィア様ですか？」

「レイ！　久しぶりだね！　出場するって聞いて、来たんだよっ！」

俺の知り合いであり、ステラと同い年である彼女はただの少女ではない。

オリヴィア＝アーノルド。

アーノルド王国の第二王女である彼女とは、ある事件で出会った。

今は時折、手紙のやりとりをする関係ではあるが、まさか一人でやって来るとは……。

「試合見ていたよ。流石はレイだね！　凄かったよ！」

「ありがとうございます」

視線を感じる。一人でいるとはいえ、流石に護衛がいないわけではないようだ。

「ボクのこと、忘れてなかった……？」

じっと上目遣いで、オリヴィア王女が見上げてくる。

「はい。もちろんです」

「ふふ。だよね！」

と、二人で話をしているとアメリアとアリアーヌも会話に入ってくる。

「レイ。オリヴィア様と知り合いだったの？」

「あぁ。ちょっとした縁でな」

「アメリアとアリアーヌも久しぶり！」

「はい」

「お久しぶりですわ」

アメリアとアリアーヌもまた、オリヴィア様とは知り合いのようだ。

王族と三大貴族。パーティーで会うことは多々あるのだろう。

「それにしても……レイってば、オリヴィア様と親しいのね」

アメリアはじーっと俺たちのことを見つめてくる。

すると、オリヴィア様はとんでもないことを口にする。

「ボクとレイは、将来を誓い合った仲だからね！」

「「――⁉」」

二人の間に、衝撃が走る。

俺は額に手を当てて、嘆息を漏らす。

「オリヴィア様。その件は――」

なんとか誤解を解こうとするが、アメリアとアリアーヌが驚きの声を上げる。

「レイ、どういうこと！」

「そうですわ！　詳しく！」

よく見ると、オリヴィア様はニヤッと笑みを浮かべていた。

この人の性格は、本当に苦手だ……キャロルとまではいかないが、似ている部分が多い。

ある事件を経て、俺はオリヴィア様に気に入られている。

その時からずっと、将来はボクの婿にしてあげるよっ！　と言っていたものだった。

実は度々する手紙のやり取りでも、そのことは書いてあった。

流石に冗談の類いだと思ってはいるが、ここまでくるとまさか本気の可能性もあるのかもしれない……のか？

ともかく、ここはすぐに否定しておこう。

「別に、誓い合っているわけではない」

「ふふん。今はそう言っているけど、ゆくゆくはボクと結婚するんだよね？」

「しません。自分は一般人(オーディナリー)で、あなたは王族です。立場があまりにも違います」

このことは、以前からずっと言っている。

たとえ俺が七大魔術師という立場であったとしても、あまりにも身分が違い過ぎると。

だが、オリヴィア様はそんなことは全く気にしていない様子である。

「ふーん。ま、今はそういうことにしてあげるよ。ボクは寛容だからね？」

ニコニコと笑みを浮かべているが、目は笑っていない。

どこか妖(あや)しい雰囲気を纏(まと)っているオリヴィア様を、少しだけ怖いと思ってしまった。

「じゃ、ボクはこれで。レイ、頑張ってね。アメリアとアリアーヌも応援しているよ」

丁寧に一礼をすると、オリヴィア様はこの場から去っていく。

「さて、俺たちも行こうか」

そう声をかけると、アメリアたちがぶつぶつと呟いていた。

「まさか、オリヴィア様も……っ⁉　これは一大事だわっ！」

「あわわ……大変ですわ」

オリヴィア様のせいなのか分からないが、その後はアメリアとアリアーヌはなぜかあまり口を利いてくれなかった。

第四章　レイ＝ホワイトの実力

「ふぅ」

二日間の休み。

わたくしは実家に戻っていて、一人でゆっくりとベッドで休んでいました。

無事に予選は全戦全勝。

事前に考えていた作戦のとおり、予選を突破することができました。

ただやはり、わたくしたちのチームがこれほどの成果を上げることができたのは、レイのおかげでしょう。

レイ＝ホワイト。

入学してしばらくは、魔術が上手く使えない上に、一般人ということで軽んじている人間も多かったのですが、今はその評価も変わってきているようです。

中には、まだ彼を認めていない者もいますが、分かる人には分かります。

レイの実力は、すでに学生の中でも圧倒的に抜きん出ていることが。

氷剣の魔術師としての力を全て解放できなくとも、彼には圧倒的な頭脳と身体能力があります。

レイは謙虚ですし、人の感情の機微には疎いようなので気づいていないのですが、彼が実は貴族の隠し子であるとか、他にもさまざまな憶測が飛び交うようになっていますの。先ほどわたくしも、お父様に――。

「アリアーヌ。無事に予選を突破したようだな」

「ええ。全戦全勝ですわ！」

「流石(さすが)は、オルグレン家の娘だ」

「といっても、レイのお陰が大きいですが」

「ふむ。レイ＝ホワイトか。実は、彼を貴族に取り込もうという話もあるようでな」

「取り込む、ですの？」

「うむ。婿養子という形でな。すでに、彼の卓越した力を理解した貴族もいる。可能性としては、あり得るだろう」

「そ、そうですか……」

お父様とやりとりをして、やはりレイの本当の実力はいずれみんな知ってしまうのだと思ってしまいました。

それに、婿養子ということは誰かと婚約するということ……。

わたくしもいずれは、婚約者ができるのでしょうが、もしかしてレイになることもあり得たり……？

「って、わたくしは何を考えていますの！」

いけません。

わたくしは、アメリアとレベッカ先輩の気持ちを知っています。

そっと遠くから見守る。

それがわたくしの役目だというのに、どうしてここ最近は彼のことばかり考えてしまうのでしょう。

「今は、大会のことだけを考えなくてはいけませんのに……っ！」

敢えて言葉にすることで切り替えますが、果たして大会が終わった時、わたくしのこの形容できない感情はどうなっているのでしょうか？

それにアメリアに対する気持ち……。

嫉妬する気持ちがまだ、わたくしの中に眠っているのは事実でしょう。

予選を通じて思いますが、やはりアメリアは魔術師として大成しつつあります。

表向きは、わたくしとアメリアが三大貴族ということで称賛されていますが、やはり三人の中で一番劣るのはわたくし。

それでも、あの二人と共に戦うのは決して嫌いではないですし、勝利することは嬉しいです。それに、自分の中でも何かを摑みつつあるような？

ともかく！

わたくしたちは、絶対に優勝しますわよ！

◇

大規模魔術戦(マギクス・ウォー)の予選が終了。

二日だけ休みを挟んで本戦が開始される。

予選を勝ち抜いたのは、全十四チーム。

その中で、総ポイント獲得数の多い二チームはシード権を獲得することになる。

シードの二チームは必然的に別の山となる。

今回は、チーム：フォルストが予選での総ポイント獲得数のトップ。続いて僅差で、俺たちチーム：オルグレンが次点となる。

図らずも優勝候補と言われているチームがぶつかるとすれば、それは決勝戦になる。

現状では、チーム：フォルストが優勢との声が大きいが、俺たちも負けるつもりは毛頭ない。

ただ彼らの試合を見るに、かなり完成度が高いのは事実。

ルーカス＝フォルストは絶刀(ぜっとう)の魔術師なので、言うまでもないが、アルバートとエヴィもしっかりと仕上げてきている。

油断は決してできない。

そして、本戦が開始されようとしていた。

「さて、ついに本戦だな」

アメリアとアリアーヌと、作戦会議を行う。

「そうね。作戦は前に話した通りでしょ？」

「あぁ。基本はアメリアとアリアーヌのペアで行動してもらう。攻撃と防衛。どちらの場合になっても、俺は基本的に前衛で戦う。それと、固有魔術(オリジン)の使用は限定的にだが許可しよう。自分の裁量で使ってほしいが、決して無理はしないでほしい」

「ええ。もちろんよ」

「分かりましたわ」

固有魔術(オリジン)。

アメリアの因果律蝶々(バタフライエフェクト)も相当な負担になる魔術だが、アリアーヌも同様だ。

無理をして使い続けてしまえば、魔術領域暴走(オーバーヒート)に至ってしまう可能性がある。

「それにしても、チーム：フォルストは順当に上がってくるのでしょうか」

アリアーヌがそう言うので、俺は自分の所感を交えて今後の展開を述べる。

「こう言うと失礼かもしれないが、他のチームでは相手にならないだろう。ルーカス＝フォルストだけではない。エヴィとアルバートもかなりの練度で仕上がっている。それに、俺たちと同様にしっかりと役割分担ができている。おそらく、決勝へと順当に上がってくるだろうな」

「そうですの。しかし、その方が燃えるというものですわ！」

「ルーカス＝フォルストか……レイはどうにかできるの？」

アメリアが尋ねてくる。

すでに対策は考えてあるし、俺と一対一になった時の想定もしてある。

相手が、俺と同じ思考をしているのならば、ルーカス＝フォルストは俺との一対一は望まないだろう。

はっきりと言ってしまえば、俺とルーカス＝フォルストの戦いになればどちらに軍配が上がるかは不明だ。

負けるかもしれないし、勝てるかもしれない。

あまりにも不確定な要素が多い。七大魔術師として、奥の手は互いに隠しているからだ。

一方で、アメリアとアリアーヌ対エヴィとアルバートでは、こちらのチームに軍配が上がる。

エヴィとアルバートも筋は悪くないが、こちらの二人には固有魔術(オリジン)がある。

中でも、アメリアの因果律蝶々（バタフライエフェクト）は仮に七大魔術師が相手になっても太刀打ちできるとは限らない代物だ。

現存する魔術師では、俺、キャロル、リーゼさんの三人しか圧倒的な固有魔術（オリジン）には立ち向かえないだろう。

アメリアが持っている固有魔術（オリジン）はそういうものなのだ。

おそらく、数年以内にアメリアは七大魔術師になると思っている。

そろそろ周期的にもいい頃合いだしな。

話を戻すが、互いの戦力的に俺とルーカス＝フォルストの一騎打ちはないと考えている。

「ルーカス＝フォルストは俺一人ならば、どうにかできる、しかし、以前話したようにおそらくはアメリアとアリアーヌで対処することになるだろう。後は、訓練の時に伝えたように戦ってくれたらいい」

「やっぱ、そうなるのよね」

「相手があのルーカス＝フォルストですが、やりますわよっ！」

「あぁ。全力を尽くそう」

本戦第一試合。

俺たちはシード権を獲得しているので、しばらくは試合の観戦だ。そして、一回戦を全て消化した後の二回戦からの登場となる。

ほぼ全てのチームの試合を事前に見ることができるためかなり有利だ。

攻城戦は攻めと守りに分かれての試合となる。

攻め側は城の中に置かれているフラッグを奪って、外の所定の位置に持っていけば勝利。守り側は、制限時間内で守り切れば勝ち。

攻めと守りの順序は、コイントスで決める。

試合は全て合わせて三ラウンド制。

先に二勝した方の勝利となる。

理想を言えば、先に二勝を獲得したいところだ。

各ラウンドは一時間。

最速で決めれば試合は二時間だが、三ラウンドまでいけば試合時間が長引く。つまりは、それだけ疲労が蓄積する。

過密な日程な上に、トーナメント方式ということで各チームは早期に試合を決めにくるだろう。

また、フラッグの位置は防衛側が自由に設置できる。防衛側は、十分だけだが事前の準備フェーズが与えられる。その時間で、古城内にフラッグを設置。

遅延魔術(ディレイ)の設置も可能だ。

防衛側が有利なのか、攻撃側が有利なのか、一概には言えない。

チームメンバーの構成次第となってくる側面もあるからだ。

「ついに始まるわね」

「緊張しますわね」

「さて。お手並み拝見といこうか」

一回戦が始まったが、今回の試合スピードはとても速いものだった。

「勝負あったな」

「そうね。でも、意外というか……」

「一概に近接戦闘に特化していればいい、というわけではないようですわね」

今回の試合は、どうやらメルクロス魔術学院側が間も無く勝利を収めるだろう。

一試合目は、防衛。二試合目は攻撃。三試合目は防衛。という順番になったメルクロス魔術学院側だが、彼らは遅延魔術(ディレイ)を巧みに使用して完全なる防御陣を構築。

それを崩すことができなかったディオム魔術学院側の敗北はもはや自明。

そして、残り時間が一分を切り……大きなサイレンがこちらの会場にも響き渡る。

本戦一回戦が無事に終了。

なるほど。試合展開はこうなっていくのか。

俺は自分の脳内である程度のシミュレーションをすると、次の試合もしっかりと観戦するのだった。


本戦一回戦が全て終了。

そして、本日より本戦二回戦が開始となる。

今日の第一試合は、シード権を獲得している俺たちと一回戦を突破したチームとの戦いになる。

相手は、メルクロス魔術学院の三年生と四年生で構成したチームだ。一回戦ではその卓越した魔術により相手を圧倒した。

特に防衛側での力はかなりのものである。

「ついに本戦だな」

「ええ。ついにここまできたわね」

「そうですわねっ！　今日も勝ちますわよっ！」

アメリアとアリアーヌと合流したが、二人とも体調は万全。気概も十分である。今回の試合に際して、作戦はかなり練ってきた。

といっても、何か特殊な戦術があるわけではない。

ここから先は、総合力の高いチームの勝利となる。

「レイ＝ホワイトくん、だよね？」

相手のチームは、チーム：アスターという名前だ。

リーダーのアスター先輩はメルクロス魔術学院の四年生で、その実力は三つの学院の中でも最上位に位置していると言われている。

魔術剣士競技大会(マギクス・シュバリエ)では試合の性質上、出てくることはなかった。

だが、今回の大会では前線の二人がカバーすることで魔術に特化した実力を最大限に活(い)かしている。

「はい。今日の試合、よろしくお願いします」

握手を求めるとアスター先輩は、じっと俺の瞳を見つめながらグッと強い力を込めて握手を返してくる。

それはとても分厚く、よく鍛錬していることが分かる掌(てのひら)だった。

「正直言って、初めは君のチームがここまでくるなんて思ってなかったよ。それに、一番の敵は三大貴族の二人と思っていたけど、このチームの心臓は君だね」

アスター先輩の言葉には、どこか敬意のようなものがある気がした。

「そんなことはありません。三人揃(そろ)ってのチームですから」

「謙遜も美徳だけど、君の実力には非常に興味がある。一般人(オーディナリー)ということで見下している魔術師も多いが、僕にはわかるよ。君のような素晴らしい魔術師と戦うことができるのを、誇りに思うよ」

「恐縮です」

頭を下げると、彼は軽く微笑んでから手を振りながら去って行く。

実際に話したのは初めてだったが、とても紳士な方だった。

「挨拶？」

アメリアが後ろから話しかけてくる。

「あぁ。挨拶程度だが」

「コーディ＝アスター。貴族出身ではないけど、固有魔術を保有しているのは有名な話ね。どこかの貴族の家で、婿養子に取ろうって話もあったりするほどよ」

「そうなのか」

アメリアからそう話を聞くが、それも納得がいく。

固有魔術を学生で使えるのは、破格の才能だからな。

そして、互いのチームが整列。

この試合の審判はキャロルで、彼女がコイントスを開始する。

「コイントス、始めちゃうよ〜☆　二人とも、どっちを選ぶのかなぁ〜？」

甲高い猫撫で声で、いつものようにキャロルはそう言ってくる。

俺としてはどちらでもいいのだがと思っていると、アスター先輩が選択権を譲ってくれる。

「そちらの好きなようにしていいよ。後輩に譲るのも、先輩の役目だからね」

「では、裏で」

「はいはーい！　では、始めちゃいますっ！」

キィインと音が軽く響くと、宙をクルクルとコインが舞う。

キャロルがそれを、手の甲でしっかりと受け止めて、被せた手を退ける。

そこには、表の表示になったコインがあった。

「では、僕たちは防衛を選択します」

「はい！　では、今回の試合はチーム：アスターは防衛、攻撃、防衛の順番で～すっ！

チーム：オルグレンは、攻撃、防衛、攻撃の順番になりま～す☆　キャピ☆」

「ふむ……」

欲を言えば、防衛、攻撃、防衛の順番にしたかったが。

どうやらラウンド一は、相手の有利な盤面で戦わざるを得ないようだ。

出鼻を挫いておきたかったが、こればかりは仕方がないだろう。

「それでは、準備フェーズに入りますっ！　レイちゃんたちは、十分待ってね～」

「おい。ここでそんな風に呼ぶな。中継されているんだろう」

と、耳打ちをするとキャロルは大袈裟に謝罪をしてくる。

「あ、ごめ～ん☆　レイちゃんといるのが楽しくて、ついねっ！」

「……」

腹立たしいこと、この上ない。

だが、キャロルは不意にその表情を真剣なものに変える。

「ねぇ、レイちゃん」

「おいさっきも言っただろう。不用意な会話は――」

「映像は、今は準備しているチームの方が映ってるから」

そういえば、モニターの管理はキャロルもしているんだったか。

審判もこなしながらするとは、本当に器用なものだと感心していると、さらにキャロルは言葉を続ける。

「レイちゃん。楽しそうだね」

その言葉は、やけに感情のこもったものだった。ふと、その顔を見ると、とても優しそうにキャロルは俺に微笑みかけていた。

「そうだな。きっと俺は、楽しんでいると思う」

「大切なものが見つかってよかったね」

「確かに友人たちができて、それはきっとかけがえのない大切なものだ。しかし、俺は師匠やアビーさん、それにキャロルなどの大人たちに出会ったことも、大切だと思っている」

「レイちゃん……」

と、思ったことを口にするとキャロルは瞳を潤ませながら、思い切り抱きついてくる。

「もう大好きーっ！　絶対に童貞はキャロキャロが貰ってあげるからねっ！　チューしてあげるっ！　ちゅ～☆」

暴走を始めたキャロルは、顔を思い切り近づけてくる。

「ちょっ！　おいっ！　離せ！　試合前にふざけるなっ！」

「じゃあ、試合の後ならいいのっ？」

「よくないっ！」

そのように問答をしていると、近くに寄ってきたアメリアとアリアーヌがじっと俺たちのことを射貫いてくる。

「思ってたけど、レイってキャロル先生と仲良いよね……昔からの知り合いなのは知ってるけど」

「ですわね……しかしこれは、ちょっといき過ぎなような？」

その後、試合の準備が終わったようで、打って変わったようにキャロルは試合開始のコールをするのだった。

「それでは、本戦第二回戦。チーム：オルグレン対チーム：アスターの試合を開始しますっ！　制限時間は一時間。それでは——始めっ！」

掛け声と同時に、俺たちは古城内へとさっそく侵入。

すでに城の中の立体的な構造は把握している。またおおよそにはなるが、相手がフラッグを置いている位置もまた把握している。

三人で疾走していると、地面から眩い光が発生。

どうやらいきなり仕掛けてきたようだった。

「レイ！」

「レイ、このままだと分断されますわっ！」

その光はちょうど俺たちを分断するようにして現れると、アメリアとアリアーヌの姿が霞んでいく。

「二人とも、作戦は継続だッ！」

「分かったわ！」

「分かりましたわ！」

二人は、眩い光の中に包まれて消えていった。

同時に、コツコツと地面を踏み締める音が反響する。

目の前に現れるのは、彼一人だった。

「さて、と。邪魔者はいなくなったね」

「アスター先輩」

「これで、一対一だ。君にはとても興味がある。今回は勝ちにもこだわるけど、君とはこうして正面から戦いたかったんだ。シャーロット＝ハートネットとは一緒にしないでくれよ？　僕は、慢心などはしない」

優しい笑みを浮かべているが、それは宣戦布告。

試合前は人の好(よ)さそうな笑みを浮かべていたが、今は別人のように鋭い雰囲気を纏(まと)っている。

どうやらこのまま通してくれる気配はない。

「さて、君の力。見せてもらうよ」

俺たち二人をぐるっと囲むようにして顕現(けんげん)するのは、紅蓮(ぐれん)の炎(ほのお)。

遅延魔術(ディレイ)によって、灼熱領域(イグニスフィールド)を元から展開していたのだろう。その炎の壁は、優に数メートルを超えている。

対物質(アンチマテリアル)コードを使えばこれを突破する事は容易(たやす)いが、この能力をここで晒(さら)してしまうのは後の試合に影響が出てしまう。

「やりますね」

「先に、遅延魔術(ディレイ)を展開させてもらっていたよ」

隙があればすぐにでも攻撃をするつもりなのは分かっていた。

この会話も、互いに探り合っているに過ぎない。

「君は勘が鋭い。いや、第一質料（プリママテリア）に対する感覚が抜きん出ている。それは今までの試合を見て思ったよ。面白い。非常に面白い。君のような魔術師は、初めて見たからね」

「饒舌（じょうぜつ）ですね」

対峙（たいじ）する。時間が惜しいため、すぐにでも戦いを始めたいがアスター先輩は雄弁に語る。

「そうだね。僕自身も驚いているよ。これほどまでに、君と戦うことを楽しみにしていたとは。レイ＝ホワイトくん。君はどうだい？」

「そうですね。光栄なお話です。ただ、勝利するのは自分です」

「ははは！　いいよ、その殺気。やはり君のことは、ただの一般人（オーディナリー）出身の魔術師とは考えない方が良さそうだ——さぁ、最高の戦いを始めようッ！」

彼がバッと両手を掲げると、俺を取り囲むようにして氷の壁が迫ってくる。

すぐに攻撃を知覚して、氷の壁に対して垂直になって疾走する。

自身の相対位置は、魔術によって固定している。

「やるね！　でも、これはどうかなッ！」

その氷の壁を走っていくのは、蛇の雷撃。

蛇の形を模したそれは、俺を狙って大量に迫ってくる。両方ともに、高速魔術（クイック）で発動された魔術。

氷壁（アイスウォール）に電撃蛇（サンダースネーク）。

どちらともに中級魔術ではあるが、威力と魔術の発動プロセスを考えれば、バランスの良（い）い魔術だろう。

「数が多いな……」

冷静に声を漏らす。

目の前に広がる電撃蛇（サンダースネーク）の数は、時間が経（た）てば経つほど増えていく。

俺はそれを、氷礫（アイシクルピアス）で削っていくが、彼の方が速度は上。

純粋な魔術戦という点では、今の俺では劣るだろう。

ここは森ではないということもあって遮蔽物が少なく、真正面から対峙するしかない。

ならば自分で射線を切る物質を魔術で生み出してしまえばいい。

「――氷柱（アイスピラー）」

彼との間に等間隔に展開するのは、氷柱（アイスピラー）だ。

今回は、射線を切るという目的のためだけにこの氷柱（アイスピラー）を生み出した。

迫りくる電撃蛇（サンダースネーク）を、氷柱（アイスピラー）を使って躱（かわ）していく。同時に、各個撃破も忘れていない。

俺は、虎視眈々（たんたん）とこの状況が動くのを待つ。

「……よし」

コードを一気に走らせて、魔術を展開していく。

俺が実戦レベルで使用できる魔術は、高速魔術（クイック）だけだが、それだけで十分だ。

俺はわずかに距離を詰めていく。もちろん先輩も、超近接距離（クロスレンジ）での戦闘は分が悪いと理解しているようで、さらに魔術は激しくなっていく。

「そろそろか」

ついに痺（しび）れを切らしたのか、彼は俺に対する攻撃の手を緩める。

だが、諦めたわけではない。

彼が発動しようとしているのは、間違いなく固有魔術（オリジン）である。

ただし、固有魔術（オリジン）の唯一の弱点といえば、その発動時間の長さだ。

「使うしかないか」

俺の周囲は、見渡す限りの氷の壁に覆われてしまう。普通ならば、ここで取れる選択肢はこの氷を破壊することだけだが……。

俺には、本質の一つである還元（レストレーション）がある。

一時的にだが、俺は自分の能力を解放することにした。

《対物質（アンチマテリアル）コード：還元（レストレーション）》

《物質（マテリアル）＝対物質（アンチマテリアル）コード》

《物質(マテリアル)：還元(レストレーション)＝第一質料(プリママテリア)》

対象とするのは、目の前にそびえ立つ氷の壁。

座標を指定した後に、俺一人が通れる程度の穴を作るようにして、魔術を発動。

「――対物質(アンチマテリアル)コード、起動(アクティベート)」

目の前の氷の壁に穴が一瞬で生まれる。周囲には還元(レストレーション)したことで生まれた、第一(プリマ)質料(マテリア)の残滓(ざんし)がパラパラと舞う。

俺は固有魔術(オリジン)の発動を阻止するべく、疾走していく。

「やはり、君なら突破してくると思ったよ」

微(かす)かに聞こえたその言葉。

それと同時に、地面が青白く発光する。

この兆候は、遅延魔術(ディレイ)。

「さぁ、ここで終わりだよ」

だが、彼の言葉の通りになることはなかった。

刹那。

パッと青白い第一質料(プリママテリア)が溢(あふ)れ出(だ)す。対物質(アンチマテリアル)コードの残滓が舞い散っていく中を、俺は進んでいく。

「……そ、そんなことがありえるのか⁉」

驚愕に染まりきった表情。アスター先輩は完全に呆けてしまい、超近接距離への進入を許してしまう。

「先輩。覚悟を――」

そう呟くと、力を込めた拳を先輩の腹部へと思い切り叩き込んだ。

俺の言葉で我に返ったのか、防御する暇はなんとかできたようだ。

といっても、完全に意識を刈り取るつもりで放った拳だ。防御はできたとはいえ、直撃には変わりない。

先輩はなんとか意識を保っていたが、苦しそうな表情で俺のことを見つめていた。

「はぁ……はぁ……」

「では、失礼します」

一礼をすると、アメリアとアリアーヌと合流すべくこの場を去ろうとするが、去っていく前にサイレンの音が響き渡る。

どうやら、俺たちの攻めは成功したようだ。

まずは一勝。

後もう一勝すれば、無事に勝利を収める事ができる。

アスター先輩はよろよろと立ち上がると、こちらへと近づいてくる。

「どうやら、僕たちが戦っている間に……そちらの二人がフラッグを取ったみたいだね……」

「はい。次もよろしくお願いします」

「いや、僕らはここで棄権するよ」

「……そうなのですか？」

意外だった。

まだ戦えそうな気力は感じ取っているが、彼はそう語る。

「思ったよりも、魔術を使いすぎたよ。それに、君を引き付けるために固有魔術（オリジン）を本気で発動する素振りも見せる必要があった。僕の第一質料（プリママテリア）はもう限界に近い。どうやら、好奇心で動き過ぎたようだね」

「そうでしたか」

「他の二人には、誠心誠意、謝罪するよ」

軽く肩を竦（すく）める。そんな彼の顔は、とても清々（すがすが）しいものに見えた。

アスター先輩は俺に向かってスッと手を伸ばしてくる。

「ありがとう。いい試合だった」

「こちらこそ、素晴らしい魔術でした」

「君はやはり、普通ではないね。いや、予選の時点で分かっていた事だけどね。本当にすごいよ。どうやら、世界はまだまだ広いようだ」

「恐縮です」

「僕も君に負けないように、これからも魔術を磨くよ。ありがとう。とてもいい戦いだった」

「はい。ありがとうございました」

チーム：アスターは正式に棄権を宣告。

俺たち、チーム：オルグレンの準決勝進出が確定するのだった。

ふと、自分の手を見つめる。

本質を出さざるを得ない試合だったが、大丈夫そうだった。

自分の魔術領域に異常はない。

俺はとりあえず、アメリアとアリアーヌに合流する。

◇

リディアとカーラは、本戦を見るために会場入りしようとしていた。

車椅子を進めていると、仁王立ちしている小さな子どもがいた。

肩まで伸びる艶やかな赤色の髪。

しかし、周囲の長さと比較すると、前髪は極端に短い。

服装もまた、子ども用の小さな赤のコートを羽織っている。

その少女は、リディアを見つけると大きな声を上げる。

「──リディア！　待っておったぞっ！」

高らかに声を上げる少女を見て、リディアは苦虫を噛み潰したような顔をする。

その歪んだ顔は、出会いたくない人間に出会ってしまった……といったところか。

リディアは忌々しそうに彼女の名前を呼ぶ。

「フラン。どうしてここにいるんだ？」

彼女の名前は、フランソワーズ＝クレール。

七大魔術師が一人、比翼の魔術師である。

「それはもちろん、レイがいるからじゃ！」

「そうか。では、私はこれで失礼する。カーラ、出してくれ」

「はい」

と、フランを無視してリディアは通り過ぎようとするが、フランはガシッと車椅子を掴む。

「おい！　我がこうして来てやったのじゃ！　労いの言葉はないのかっ！」

「ない。ロリババアに払う敬意など、ない」

「むきーっ！　お前はいつも生意気じゃ!!　年上にもっと尊敬の念を抱くがいいっ！」

バタバタと暴れるフラン。

言動を見ても、誰もがただの子どもと思うだろう。いや、そう思わざるを得ない。

幼い容姿に、幼い言動。

言葉遣いはどこか奇妙だが、それも子どもゆえにと考えるのが普通だろう。

「……はぁ」

わざとらしく、ため息を漏らす。

目の前にいるのは、一見すればただの子ども。

だが、フランの実年齢は——六十二歳。

現七大魔術師の中でも、最年長である。本人曰く、容姿が幼いまま変化しないのは謎であると。おそらくは、魔術的な影響だと本人は言っているが、その真相はまだ解明されていない。

「で、いつ帰ってきたんだ？　お前はいつも世界中を旅しているだろう？　学会もまだ先のはずだが」

「さっき帰ってきたのじゃっ！　ふはは！　レイに早く会いたくてなっ！」

「あぁ……まぁ、お前の魔術は便利だからな。で、レイに何の用だ？」

「噂で聞いたのじゃ！　レイが学生になっているとな！　お祝いを持ってきたぞっ！」

大きなバックパックから取り出すのは、何やらよく分からない土偶。

それに謎の骨董品の数々だった。

「どうじゃ！　すごいじゃろうっ！」

「すごいが、レイが喜ぶとでも？」

「何っ⁉　レイは骨董品は嫌いなのかっ！」

「あぁ。もちろんだ」

嘘である。

レイは基本的には芸術品は好きである。骨董品も例外ではない。きっと、このお土産を見れば目を輝かせていたに違いない。昔からこの手の芸術品に対して、レイは理解がある。

だがフランを近寄らせたくないリディアは、とっさに嘘をついたのだ。

「そうかぁ……残念じゃのぉ……」

頭をだらんと下げて、悲しそうに骨董品をバックパックにしまっていく。寂しそうに、少しずつその品を戻していく様子は哀愁が漂っていた。

そんな様子を見て少しだけ心の痛むリディアだが、これぱかりは仕方がない。

このフランという魔術師は、レイに対して異常なまでに固執しているからだ。

ただ問題は、このまま野放しにしておくと、きっとレイのところに行ってしまう。

大会の最中だけでも、このアホロリババアは確保しておきたいと考え、リディアは苦肉の策に出る。

「フラン。お前も来るか？　それにリーゼもいるぞ？」

「いいのか⁉」

パァッと明るい顔をするフラン。

「あぁ。お前はリーゼのことが好きだっただろう？」

「うむ！　リーゼは学会で唯一仲良くしてくれるからなっ！」

実は、完全に本人の勘違いである。

リーゼはただ、話しかけてくるので適当に相手をしているだけなのだが、リディアは皆(みな)までいうことはなかった。

そんな悲しい現実を直接伝えたとしても、フランはそれを頑(かたく)なに認めないだろう。

基本的には脳内で自分の都合の良いことしか受け付けないので、フランはリーゼととても仲良しだと勝手に思い込んでいる。

実際のところ、リーゼにフランと仲が良いのか、と尋ねると「いえ。別に」と言葉が返ってくるだろう。

「よし。じゃあ、ついて来い」

「分かったのじゃっ！」

フランを確保すると、リディアたちはそのまま進んでいく。

◇

わたくしたちのチームは無事に、二回戦を突破しました。

三人で試合内容を振り返りながら、古城から出てくると見知った人が走ってきました。

「レイさん！」

「レベッカ先輩」

「準決勝進出、おめでとうございますっ！」

「ありがとうございます」

どうやら、レベッカ先輩はレイしか見えてないようですわ。

彼の手をギュッと握ると、嬉しそうに微笑みかけています。

一方で、アメリアはそんな二人の様子に冷たい視線を送っていました。

「む？　そちらの方は？」

レベッカ先輩が視線を向けた先には、オリヴィア様が立っていました。

い、いつの間に……。

「やっほー！　また来たよっ！」

オリヴィア様はどうやら、今回の試合も観戦していたようですわね。

「オリヴィア様？　どうしてここに？」

「だって、ボクとレイは将来を誓い合った仲なんだよ？　レイの活躍を見るのは、未来の妻として当然でしょ？」

「ふむふむ。レイさんと、将来を誓っている……と。未来の妻である、と」

「うん！」

「それで、本当なのですか？　レイさん？」

ニコニコと笑いながら、レベッカ先輩はレイに尋ねます。

とても綺麗(きれい)な笑顔ですが、目は完全に笑っていません。それに、黒いオーラのようなものも見えているような……？

「いえ。違います」

「って、レイは言っているけど、照れ隠しなんだよね～。いや、実はいつも手紙のやりとりをしている時もさ～」

「……ちょ!?　オリヴィア様！」

レイがこんなにも慌てている様子は、初めて見ましたわね。

そして、オリヴィア様はレイととっても親密に手紙のやり取りをしていることを、得意げに語り始めました。

どれだけ自分とレイの仲がいいのか、見せつけるようにして。

性質として、レベッカ先輩とオリヴィア様はよく似ているようでした。

一方のアメリアは「う〜〜っ！」と声を漏らして、レイをずっと睨むしかないようでした。

これは、近寄らない方が賢明ですわね……。

「ふふん！　これでレイとボクがどれだけ親密か分かったかな？」

「はい。わざわざありがとうございます」

「レベッカは余裕そうだね？」

「ええ。私もレイさんとは、たくさん思い出がありますので。オリヴィア様のお戯言も、面白いですね」

「わ、私もレイとの思い出あるもんっ！」

「ふーん。アメリアとレベッカが、ねぇ……レイ。これはどういうことかな？　学院では友人たちと楽しく過ごしているって、手紙には書いてあったけど？」

「えっと……その通りですが、何か問題が？」

「はぁ……まぁ、いいよ。二人には、ボクがキツく言い聞かせないとね。正妻として、ね」

「は、はぁ……」

レイはただ、声を漏らすしかないようでした。

後ろでそんな四人の様子を見ていると、マリアがコソッとこちらに近寄ってきます。

「やほ、アリアーヌちゃん。久しぶり。大会、順調そうだね」

「マリア。お久しぶりですわ。そうですわね。無事に準決勝まで来ましたわ」

マリア＝ブラッドリィ。

彼女とは特別仲が良いわけでも、悪いわけでもありません。

貴族のパーティーで会えば、軽く会話をする程度。

けれど、その距離感がわたくしは好きでした。

マリアはレベッカ先輩と比較されることでその容姿を変貌させ、ちょっとグレてしまっていたのですが……最近はどうも、明るくなったような気がします。

奇抜な髪型と服装は、以前のままですが。

「それにしても、見てよアレ」

「ええ……ものすごいですわね。まさに、修羅場と言ったところでしょうか」

「ね。お姉ちゃんもよっぽどだけど、あれに気がつかないで対応してるレイも相当よね。オリヴィア様も笑っているけど、ちょっと怖いし」

「ですわねぇ」

二人で、四人の様子を見つめますが、ものすごくハートが飛んでいますわ。

レベッカ先輩、アメリア、オリヴィア様は言い争いをしつつも、レイに対する好意は丸わかりです。

それにしても、あれだけ好意を示されて気がつかないのはレイの凄いところですわ。

彼の過去を考えるとそれも仕方のないことだと思いますが、レイはいつか刺されてもおかしくないですわね。

まぁ、レイに刃物はきっと通用しませんが、いろいろと大変なことになる未来が見えます。

今までは、アメリアとレベッカ先輩だけと思っていましたが、まさかのオリヴィア様も参戦するとなると、さらなる修羅場が待っていそうですわ。

「それにしても、マリアはレイと仲が良いんですの？　口調から察するに、知り合いみたいですけれど」

「えっ!?」

急にマリアの表情が驚いたものに変わります。

ん？　これはもしかして？

彼女は慌てた様子で、わたくしの肩をグイッと掴むとそのまま後ろに無理やり連れて行かれます。

「ちょ、ちょっと！　そのことはあんまり大きな声で言わないでよねっ！」

「な、何かあるんですの？」

みんなから距離を取ると、マリアが耳打ちをしてきます。

あまりにも真剣な様子なので、少しだけ身構えてしまいます。

「お姉ちゃんがね、私とレイが仲が良いのを、ちょっと心配しているみたいだから」

「あぁ。そういうことですのね。でも、仲が良いのは否定しませんのね」

「う。ま、まぁ……別に悪いわけでもないし？　それに、あいつとは意外と話が合うし？」

あら？　あらあらあら？

何ということでしょう。わたくしは内心でため息をつきます。

全くレイは、どれだけの乙女を魅了すれば気が済むのでしょう。

彼が魅力的なのはわからなくもないのですけれど……。

って、わたくしは何を考えていますのっ！

「うっ！」

「うわっ！　どうしたの、アリアーヌちゃん⁉」

わたくしは、思い切りしゃがみ込みます。

決してこれは、そのような感情ではありませんわ！

そう心でわたくしは、否定し続けるのでした。

試合、試合に集中しますわよっ！

◇

「勝者は、チーム：オルグレン」

勝利。

俺たちが時間を稼いでいる間にも、なんとかアメリアがフラッグを所定の位置に持って行ってくれたのだろう。

そして、後ろにいるアリアーヌと勝利を喜ぼうとすると、彼女はいつものように思い切り抱きついてくるのだった。

「やった！　やりましたわっ！　ついに決勝ですわっ！」

歓喜の声を上げて抱きついてくるアリアーヌを真正面から受け止める。

豊満な胸と、柔らかい体が思いきり触れるが、ここでそれを指摘するのは野暮というものだろう。

俺は彼女を受け止めながら、その言葉に応じる。

「あぁ。ついに決勝だな」

「えぇ！」

満面の笑みを見て、俺もまた同じように微笑む。

アリアーヌの喜びも非常によくわかる。この試合は今までの中でも一番ギリギリの試合だった。

だからこそ、勝利したときの喜びも一際大きいというものだろう。

「ふぅ。無事に勝ったわね」

アメリアと合流。彼女はアリアーヌとは異なり、冷静なようだった。

コツンとアメリアと拳を合わせる。

「最後はアメリアが逃げ切ってくれたからな。助かった」

「レイとアリアーヌがなんとか耐えてくれたからよ。無事に勝つことができて良かったわ」

「わたくしとレイならば当然ですわっ！」

三人で喜びを分かち合う。

俺は自分に注がれる視線を感じ取った。

俺たちの前に試合を終えたチーム：フォルストの三人だった。

どうやら、円形闘技場(コロッセオ)で観戦をするのではなく、こちらに用意されているモニターで試合を観戦していたようだった。

ルーカス＝フォルスト。

エヴィ。

アルバート。

決勝戦で当たるとすれば、彼らだと思っていたが、その予想は的中。

そして、決勝戦のカードがついに出揃った。

チーム：オルグレン対チーム：フォルスト。

決勝がこうなるのは、元々予想していたことだ。予選での各チームの戦いを見れば、こうなることは高い確率で予想できる。

決勝戦は異次元の戦いになるだろう。

俺たちも出し惜しみをすることはできない。元より決勝戦なので、もう後のことを考える必要はない。おそらくは、固有魔術も出る試合となるだろう。

また、ルーカス＝フォルストには、秘剣がある。

魔術を組み込んだ剣技。分類としては、固有魔術に匹敵するということで、例外的に固有魔術に指定されている稀有なものだ。

それをどうにかしないことには、勝利することは不可能だろう。

さらに、アルバートとエヴィも加わるとなると、決勝を早期に決めるのは望まないほうがいいだろう。

むしろ、劣勢になったときは一ラウンドを捨てる覚悟をした方がいいかもしれない。

そう考えてしまうほどには、チーム：フォルストは強敵であった。

「二人とも。決勝戦はおそらく、今までの中で最も厳しい戦いになる。こうして勝利した後に言うのは心苦しいが、気を引き締める必要があるだろう」

すると、二人ともに鋭い顔つきになる。

「えぇ。もちろんよ」

「分かっていますわ。相手は今大会でも屈指のチームだと。しかし、もちろん勝つのはわたくしたちですわっ！」

俺たちならば、優勝できる。あと一勝すれば、優勝が確定。

今までは誰かとこうして戦うことはあったが、それでもこのような気持ちになったのは初めてだった。

それはなんと言えばいいのだろうか。

この高揚感を、言葉で表すのは難しい。

だが決して、悪い気分ではなかった。

絶刀の魔術師との戦い。

一対一の戦いではないが、彼と戦うことは避けることはできない。

果たしてどちらのチームが勝つのか。

師匠が残した氷剣が最強であるという功績を守るためにも、負けるわけにはいかない。

それに、俺自身も負けることをただ許容することはできない。

師匠のため、自分のため、そしてアメリアとアリアーヌのためにも、俺は絶対にチームを勝ちに導いてみせる。

大規模魔術戦（マギクス・ウォー）、決勝戦。

明日、ついに最後の戦いが始まる。

◇

「ついに決勝戦か。対戦カードは予想した通りだね」

「はい。チーム：オルグレンとチーム：フォルスト。勝つのは、どちらだと思いますか？」

優生機関（ユーゼニクス）の本部で、二人の男女が会話をしていた。

「ポテンシャル的にいえば、チーム：オルグレンだろう。レイ＝ホワイトはいうまでもなく、アメリア＝ローズとアリアーヌ＝オルグレンもまた固有魔術（オリジン）を保有している。特にアメリア＝ローズの因果律蝶々（バタフライエフェクト）は、かなり強力だ。いくら絶刀とはいえ、完璧な対策は無理だろう」

冷静に分析をする。

今までの試合は全て観戦し、彼は全員の魔術特性を完璧に理解していた。

「絶刀側は不利、ということですね」

「あぁ。ただし、レイ＝ホワイトは万全ではない。それに最近は、アルバート＝アリウムも覚醒の兆候がある。一方的な勝負にはならないと思うけどね」

どうして、優生機関（ユーゼニクス）がレイに関心を示すのか。

また他の学生たちの調査も、既にある程度は終わっている。

それも全ては、魔術の真理にたどり着くためだった。

「氷剣対絶刀。チーム戦にはなるが、少なくともどこかで二人がぶつかり合うことはあるだろう。見ものだね」

「はい。しかし、あちら側もこちらに手の内を見せていいのでしょうか？　情報収集という観点では、非常に助かりますが」

「敢えて見せているんだろう」

「というと？」

男は軽くコーヒーに口をつけると、カップを揺らしながら話を続ける。

「今回の大会、七大魔術師がほぼ全員集まっている。ただ単に、新しい大会を開催したいという意図ではない。あくまで、こちら側にはこれだけの戦力があると示したいのかもしれない。牽制の意味も込められているんだろう。現に、僕らは今回は静観することにしたからね」

「そこまで駆け引きを？」

「おそらくは灼熱の魔術師、アビー＝ガーネットの案だろうね。それに、大会のルールも複雑になっているのは、絶刀と氷剣に本気を出させないためだろう。本選決勝戦も、勝ちを狙うのなら二人が真正面から戦う必要はないからだ」

「なるほど……」

彼の言葉は、おおよそ的を射ていた。

氷剣対絶刀、という対立する図式にはなっているが、あくまでそれは大会のルールに則った上での戦い。

互いの本気――厳密にいえば、魔術の本質――を見せないようにも、今大会のルールは配慮されている。

三対三のチーム戦というのも、裏の理由があったのだ。

「まぁ、いいさ。いずれ僕らは、戦うことになる。今回は大人しく、あちらの策略に乗ってあげるとしよう。それに、たまには休憩も必要さ。僕らもまた、今はまだただの人間に過ぎないからね」

気がつけば、彼が持っていたカップが消失していた。

まるで初めからなかったかのように、跡形もなく消え去ったのだ。

「さぁ、最後の戦いを楽しもうか」

第五章 決勝戦、開幕

大規模魔術戦（マギクス・ウォー）、決勝戦当日。

今日は今まで開催された試合の中でも、最も観客の動員数が多い。もっとも、ほぼ毎日満員なのだが、今日に限ってはかなりの数の立ち見も出ている。

やはり、皆が気になるのは決勝戦の対戦カードだろう。

チーム：フォルスト。

構成メンバーは、ルーカス＝フォルスト。アルバート＝アリウム。エヴィ＝アームストロング。

常勝のチームと予選の時から評され、ここまでの試合はほぼ完封。全く危なげなく、決勝戦まで勝ち上がっている。

その中でも一番の注目は、やはりルーカス＝フォルストだろう。

魔術師にしては珍しく、剣ではなく刀を使うその戦闘スタイル。また彼には、魔術剣士競技大会（マギクス・シュバリエ）優勝という実績があるからだ。

「ふむ。やはり、レイたちの評価は意外と高いようだな。ふふ」

観客席でリディアはニヤリと笑う。

彼女は円形闘技場の観戦席に着くまでに、チーム：オルグレンの噂を聞いていた。

三大貴族である、アメリアとアリアーヌの評価が高いのは当たり前のことだ。

むしろ血統主義である魔術師は、流石は三大貴族の令嬢だと褒め称えている。

だがやはり、今までの試合の中でチーム：オルグレンで一番目立っているのは一人しかいなかった。

レイ＝ホワイト。

上流貴族の令嬢であるシャーロット＝ハートネットを予選で打ち破り、本戦ではメルクロス魔術学院のトップであるコーディ＝アスターも真正面から打ち破っている。

「早く、レイが見たいのじゃー！　試合はまだなのかっ！」

フランソワーズ＝クレール。

一見すればただの幼い少女にしか見えないが、彼女の実年齢は六十二歳。さらに、七大魔術師の一人である——比翼の魔術師だ。

「フランさん。もう少しですよ」

「そうなのかっ！　いやー、リーゼはいつも親切でとても礼儀正しい子じゃっ！」

「恐縮です」

フランは七大魔術師の中でも、もっとも敬遠されている魔術師だ。それは主に、その性格のせいなのだが。

「おい。もう少し黙って、待てないのか」

「リディアよ。レイの試合を見れるんじゃぞっ！　もっと喜びの声を上げるのが当然じゃろうっ！」

「……」

もはや会話にならない、そう思って彼女は頭に手を当てながら天を仰ぐ。

相性が悪いのは重々承知しているのだが、やはりこうして会話をすると氷漬けにしたくなる。

それをリディアは、なんとか堪（こら）えているのだった。

「にしてもレイは、今はどうなんじゃ？」

と、先ほどまでの騒ぎが嘘（うそ）のようにフランは冷静になる。その声音は、いつになく真剣味を帯びていた。

そして、リディアは今のレイについて語るのだった。

「魔術領域暴走（オーバーヒート）は完治しつつある。それに、もう体内時間固定（クロノスロック）は必要なくなっている」

「なんと！　あのレベルの魔術領域暴走（オーバーヒート）から、もう完治しつつあるのか……！　やはりレイは特別じゃのおっ！」

「あぁ。レイは特別な魔術師だ。私たちなど、比較にならないほどのな」

異論を唱える者はいなかった。

リディア＝エインズワース。

リーゼロッテ＝エーデン。

フランソワーズ＝クレール。

世界の魔術師の中でも頂点に立つ三人ですら、レイには届きはしないと理解しているからだ。

いや、彼女たちは魔術師の頂点にいるからこそ、分かってしまうのだ。

レイ＝ホワイトという魔術師はある種の究極の存在であると。

「さて、試合が始まるぞ」

ついに、大規模魔術戦（マギクス・ウォー）の決勝戦が幕を開けた。

◇

決勝戦。ついにこの時がやってきた。

すでに互いのチームは整列している。現在は、コイントスを待っている状態である。今回の決勝戦は、アビーさんが審判をしてくれるらしく、彼女が俺たちの前に出てくる。

「では、試合前のコイントスだ。両チーム、どちらを選ぶ？」

チーム：オルグレンは表を選択。

チーム：フォルストは裏を選択。

キィインと音を鳴らして、アビーさんは手の甲で飛翔したコインを受け止めた。被せたほうの手を退けると、コインは表となっていた。

「では、わたくしたちは攻撃を選択します」

「では、チーム：オルグレンは攻撃、防衛、攻撃の順になる。チーム：フォルストは防衛、攻撃、防衛の順だ」

攻撃と防衛の順番が決まったところで、さっそく防衛側のチームは準備フェーズに入る。

だがその前に、チーム：フォルストの三人がこちらに歩みを進めてくるのだった。

「レイ＝ホワイト。ここまできたようだね」

「はい。よろしくお願いします」

「楽しみにしているよ」

ルーカス＝フォルストはその後、アメリアとアリアーヌとも握手をして颯爽と古城へとその姿を消して行った。

次にやってきたのは、エヴィだった。

「レイ。ついに決勝だな！」

「エヴィ。そうだな。戦えることを、楽しみにしている」

「おう！　俺も楽しみにしているぜ！」

エヴィもまた、アメリアとアリアーヌと軽く挨拶をすると同じように古城へと歩みを進めていく。

最後にやってきたのは、アルバートだった。

顔つきは、以前のものとは違う。

彼は努力に努力を重ねてきた。それは、今までの試合を見れば明らかだった。

もう知り合ったばかりの頃とは別人、と思った方がいいだろう。

「レイ。今日はよろしく頼む」

「アルバート。そうだな。ついに、この時が来たな」

「あぁ。あの頃の俺とは、もう違う……と言いたいところだが、まだ発展途上だ。しかし、勝つのは俺たちだ」

グッと力強く握手を交わす。

互いに表情は晴れやかだった。

むしろ、早く試合がしたくてたまらない。そんな感覚だった。

アルバートはアメリアとアリアーヌにも、同じような言葉をかけると古城へと姿を消していく。

そんな彼を見て、アリアーヌはこのように口にするのだった。

「アルバート。本当に変わりましたね」

「そうよね。昔はもっと、刺々しいっていうか。才能こそ全てだ、みたいな感じだったのに。でも、レイと出会うと変わるものよね」

「ええ。そうですわね」

思えば、アルバートとの出会いは決していいものではなかった。

だが彼は、自分を見つめ直して、ここまでたどり着いた。その姿勢は素直に称賛すべきものだろう。

だがもちろん、俺たちもまた負けるわけにはいかない。

「アメリア。アリアーヌ。ついに決勝戦だな」

「ええ。ここまで来たわね」

「あとは優勝あるのみですわっ！」

三人で肩を組んで円陣を組む。

これも、今日で終わってしまうと少し寂しく思ってしまうが、無事に決勝戦を勝利で飾って優勝しよう。

「絶対勝つぞ――――ッ!!」

「「お――――ッ!!」」

ついに、大規模魔術戦（マギクス・ウォー）決勝戦が開始となった。


三人で疾走して、とりあえずは古城の大広間へとたどり着く。

ここから先は、ルート分岐を考える必要がある。

どこに向かうべきなのか。ここから手分けして探すべきか、それとも三人でまとまって行動すべきなのか。

今までのチーム：フォルストの傾向を考えてみたが、フラッグを設置する場所は完全にランダム。

フラッグには、第一質料（プリママテリア）が漏れないように細工が施されているので、それを発見することはできないが、相手がどのような配置で並んでいるかはすぐに理解できる。

「さて、どこに向かうか」

「三階に二人。それに、この一階の先に一人……だな」

「考えるとすれば、二人はエヴィとアルバート。一人はフォルスト先輩かしら？」

「そうですわね。わたくしもそう思いますが、レイはどう考えていますの？」

「どうやら、誘っているようだな」

この先にいる、たった一人の人間。

わずかに漏れる殺気と第一質料。

この尋常ではない圧は、間違いなくルーカス＝フォルスト。

「どうやら、俺が一人で行くしかないようだな」

「レイ、大丈夫なの？」

アメリアが心配そうな声を上げるが、この展開も予想していた。

といっても、俺とルーカス＝フォルストが一対一で対面するのは、もっと先であると思っていたが。

「あぁ。おそらくフラッグは、三階にある可能性が高い。二人はそちらに向かってくれ」

「分かりましたわ。レイ、御武運を」

「レイ。負けないでね」

「もちろんだ」

アメリアとアリアーヌは颯爽と階段を駆け上がっていく。

たった一人でこの場に残されて俺は、そのまままっすぐ一本道を進んでいく。

長い黒髪を後ろで一本にまとめ、静謐な雰囲気を纏いながらその美しい顔をじっとこちらに向けてくる。

「さて、見せてもらおうか。当代の氷剣の力とやらを」

その場で体がブレたと思った矢先、鋭い刀は俺の眼前へと迫っていた。

俺はすぐに、コードを走らせる。

発動するのは、氷剣。

ただし、相手の刀の質量も考えて今回はその強度をかなり高めておいた。

キィイインという音が、この空間に響き渡る。

「今のを間に合わせるのかっ！　面白いね！」

そこから始まるのは、縦横無尽の剣戟だった。

「フッ！」

「ハァ！」

戦闘に没頭する。

意識を潜り込ませるようにして、ただただ集中力を切らさないように剣戟にのめり込んでいく。

しかし、どうやら痺れを切らしたのか、彼は一旦後ろに大きく後退するのだった。

「——スゥウウウ、ハァアアア」

キンと音を立てて、納刀。

さらに深呼吸。

隙があるように見えるが、それは錯覚。

納刀したということは、抜刀術に切り替えたということだろう。

一撃必殺の抜刀術。

睨み合う。

適正な距離を保ちながら、円を描くようにして俺たちは互いの様子を見つめる。

一挙手一投足。

全ての動きを逃さないようにして、神経を集中させる。握る氷剣を軽く動かしながら、自分の感覚をさらに研ぎ澄ませていく。

そして、彼がボソリと呟いた瞬間。

俺の視界は——暗転した。

「第八秘剣——残照暗転」

◇

レイがルーカスの元へと向かい、アメリアとアリアーヌはレイの言う通りに三階へと向かっていた。

階段を駆け上がり、しばらく疾走すると……たどり着いた。

三階にあるこの踊り場は、かなり広い空間だ。元々はパーティーなどの催し物のために使用されていた場所である。

もっとも、今はその面影は全くないのだが。

「いたわね」

「ですわね。二人とも、待ち受けているようですわ」

視線の先には、エヴィとアルバートが待ち受けていた。だが、アメリアとアリアーヌは疑問に思っていた。それは、この場に来るまで遅延魔術（ディレイ）が設置されていなかったのだ。

「アメリア。どう思います？　ここまで、遅延魔術（ディレイ）が無かったことに」

「さぁ……その真意までは分からないわね。ただ今は、真正面からぶつかるしかなさそうね」

「えぇ。そうですわね」

今までの試合で、遅延魔術（ディレイ）が設置されていない試合はなかった。

それは間違いなくこの攻城戦での定石（セオリー）。それを無視するということは、何か別の意図があるのか、それとも……。

「さて、どうします？　無理やりにでも突破してみましょうか？」

「アリアーヌ、できるの？」

「ええ。不可能ではないですわ」

「まさか、固有魔術(オリジン)を？」

「いえ。まだ使いませんわ」

と、二人で会話をしている間も待ってくれるわけもなく、アルバートは遠距離から魔術を発動。

発動したのは、氷礫(アイシクルピアス)。

連鎖魔術(チェイン)によって、コードを重ねる。

そして、まるで雨が降るかのように二人に迫る氷礫(アイシクルピアス)だが、アメリアは軽く一蹴する。

発動したのは、炎壁(フレイムウォール)。

それと同時に、アリアーヌは地面を駆け抜けていた。凍りつかせた領域内をまるでスケートリンクを滑るかのように、駆け抜けていく。

エヴィとアルバートはなぜか、彼女が走り去っていくのを見逃してしまう。

——何を考えていますの？　まさか、この先に遅延魔術(ディレイ)が？

そう考えるが、目の前には設置されたフラッグがあるだけ。そのままアリアーヌはフラッグを奪い取ると、先ほどの踊り場へと戻っていく。

そこには、ポツンと一人で呆然(ぼうぜん)としているアメリアがいたのだ。

「アメリア？　あの二人は？」

「消えたの」

「え……？」

「アリアーヌが駆け抜けた瞬間に、一気に水蒸気が溢れ出して。それが晴れた時には消えていたわ」

「まさか、先回りしてフラッグ設置の妨害を？」

「そう考えるのが妥当でしょうね。それよりも、早く移動しないと。レイはきっと今も、戦っているわ」

「そうですわね」

　来た道をそのまま戻っていく二人だが、やはり違和感を拭い去ることはできない。なんの妨害もなく、一階の踊り場までやってきたアメリアとアリアーヌ。その後、彼女たちは外の所定の位置にフラッグを置いた。

　その瞬間。大きなサイレンの音が響き渡る。

「第一ラウンド。勝者は、チーム：オルグレン」

　そのアナウンスを聞いていると、城の中からレイがゆっくりと歩きながら出てくるのだった。

「レイ！　どうだったのっ！」

いない。

パッと見るに外傷はない。歩き方も、異常はなさそうだった。服に汚れも一切付着していない。

しかし、レイの表情は決して晴れやかではなかった。

「戦っている最中に、相手が消えた。気がつけば、勝利していた……というところだな」

「レイもそうだったの？」

「ということはやはり、そちらもそうだったか。終わるのがやけに早すぎると思っていたが」

チーム：オルグレンは、第一ラウンドでは無事に勝利をおさめた。

しかし、三人の胸中は複雑なままであった。

しっかりと考える間も無く、すぐに第二ラウンドが開始されようとしていた。

「ふぅ……」

インターバル。

休憩時間は十五分となっている。その間で、次のラウンドについての話し合いを始める。

「レイはどう思いますの？」

「もとより、第一ラウンドは捨てるつもりだったと考えるのが妥当だろう」

「決勝戦で、捨てるなんて判断をしますの？」

「何か目的があるんだろうな。それははっきりとしないが、これで王手だ」

そして、アメリアもまた会話の中に入ってくる。

「そうね。次勝てば、優勝よ」

「そうですわね！　後はいつも通りにやるだけですわっ！」

三人で改めて次のラウンドでの立ち回り方を話し合った。

次は防衛になる。

どこにフラッグを設置するのか、またはそれを踏まえた上でどのように守っていくのか。

さらには、レイは先ほど受けた秘剣についても二人に伝える。

「最後に、ルーカス＝フォルストの秘剣についてだが」

「先ほどの戦いで出してきましたの？」

「あぁ」

そして、彼はルーカスとの戦いを語るのだった。

「第八秘剣――残照暗転」

俺の視界が一気に暗闇に落ちる。

俺はすでに知覚領域を展開しているため、感覚のみで相手の動きを把握していた。

居合い抜き。

それも、超高速の抜刀術。

第八秘剣――残照暗転はシンプルな技だった。

まずは魔術で、光を発生させる。

光量はおそらく、自分の目を考慮していないためにかなりのものになる。

そして、その光を受けた瞬間、相手は一気にその明暗により、視界が暗転する。

その間に持ち前のスピードを生かして、抜刀。

それがこの技のカラクリだろう。

ルーカス＝フォルストはこの秘剣を発動している間は、目を瞑っている。

俺と同様に、視界に全く頼っていないと考えて良いだろう。

つまりは、俺のような周囲を知覚する魔術を保有していると考えるのが自然だ。

「どうやら、受け切ったみたいだね」

抜刀を真正面から受け止めた。

俺の氷剣は粉々に砕け散ってしまったが、ルーカス＝フォルストの刀は傷一つついていない。

「さて、と。じゃあ、今回はここまでにしておこうか」

「それはどういう――」

意味でしょうか。と、尋ねる前にサイレンがこの城内に響き渡った。

彼はそのまま、姿を消していた。

元々、この展開は予想していたといわんばかりに、あっさりと引いていたのだ。

「第八秘剣――残照暗転(ざんしょうあんてん)。その正体は、簡単にいうと目眩(めくら)ましだな。特に剣技自体に魔術的な要因があったわけでもなかった。問題は、知覚系の魔術を保有していないと厳しいだろうな」

「なるほどね。でも、私とアリアーヌにはないわね」

「あぁ。だからこそ、おそらく鍵になるのはアメリアの因果律蝶々(バタフライエフェクト)だろう」

すでに話はしていた。

ルーカス＝フォルストの秘剣に対抗するならば、アメリアの因果律蝶々(バタフライエフェクト)しかあり得ないだろうと。

因果を操作する彼女の固有魔術(オリジン)ならば、七大魔術師が相手でも対抗はできるだろう。

「さて、そろそろ時間だ。行こう」

「ええ。次で勝ちましょう」

「わたくしたちの優勝まで、もう少しですわっ！」

優勝まで残り一勝。

精神的な意味では、こちらにアドバンテージがあるのは間違いない。

だがなぜだろう。

この胸中に存在する、焦燥感のようなものは。

俺は一体、何を気にしている？

そしてついに、決勝戦第二ラウンドが始まろうとしていた。

「では、準備フェーズに移行だ」

第二ラウンド。

今回は俺たちが防衛であり、フラッグを設置する時間となった。

「レイ。準備が終わりましたわ」

「どうかしたの？　なんか様子がおかしいけど」

アリアーヌとアメリアが戻ってくると、二人は心配そうに俺の顔を覗き込んでくる。

あくまで予感なので言う必要はないかもしれないが、意見の共有は重要だろう。

ということで、俺は自分の不安を素直に伝えることにした。

「特に何かあるわけではない。だが、妙な不安があってな」

「不安、ですの？」

「不安ねぇ。でも私も、さっきの試合が引っかかるのよねぇ。もしかして、この第二ラウンドへの布石とか？」

「かもしれない。だが、考えていても仕方がないな」

すでに時間がない。

考えてばかりいても、仕方がないだろう。

「始まったか」

大きなサイレンが耳に入る。

ついに始まった決勝戦第二ラウンド。

ここを凌(しの)ぎ切れば、優勝は確定。

配置は俺がフラッグについて、アメリアとアリアーヌが前線に立っている形だ。

ここは、一応絶対不可侵領域(アンチマテリアルフィールド)を展開して確認しておくべきか？

だが、今の俺は先ほどのルーカス＝フォルストとの戦いによって、魔術領域をそれなりに酷使している。

後の戦いを考えれば、温存しておきたいが、ここはやむを得ないだろう。

俺は絶対不可侵領域(アンチマテリアルフィールド)を展開。

それと同時に、あり得ないものを感じ取るのだった。

「――やっぱり、君は優秀だね。だからこそ今回は、僕たちの勝ちだ」


バッと後ろを振り返る。

すると、そこにいたのはルーカス＝フォルストその人だった。

全く気配を感じ取ることができなかった。

いや、絶対不可侵領域（アンチマテリアルフィールド）を展開してやっと気がつくことができたのだ。

彼の手にはすでにフラッグが握られていた。しかし、あり得ない。通路は、俺の正面にある階段しかないはずだ。

どうやって、この場にやってきた？

まさか……先ほどの試合は、そういうことだったのか？

確認すると、彼の後ろには人が一人だけ通ることのできる穴が開いていた。

つまりは、一階からここに通じるように穴を開けてそれを通過してきたということか？

それは俺も一度は考えたが、まさかそんな強引な手を実行してくるとは。

「では、失礼するよ」

そう言って彼は、そのままその穴から降りていく。降りる際は、着地だけを制御すればいいので、おそらくは上ってくるよりも時間はかからない。

俺は後を追うようにして彼と同じ穴を通過し、落下していく。

降りていく際、俺は自分の声を魔術で拡張するとアメリアとアリアーヌに現状を端的に伝える。

「フラッグが奪取されたッ！　二人とも、降りて来てくれッ！」

そう言葉を残すと、一階の踊り場へと到着。

着地する際に、勢いを前転で流し切ってから、相手を見据える。

ルーカス＝フォルストは全力疾走で、そのまま城の外へと走り抜けていた。まだこの距離ならば、本気を出せば間に合うだろう。

だがもちろん、俺が疾走するのを邪魔するように、アルバートとエヴィが目の前に現れる。

「レイ。ここは通さないぜ？」

「しかし、もう手遅れだろうな」

もうすでに、時は遅かった。

一瞬だけ、二人に気を取られて足を止めてしまった瞬間には、ルーカス＝フォルストは城の外へと出ていくのが見えた。

　無情にも、サイレンの音が響き渡る。

「勝者は、チーム：フォルスト」

　やられた。

　完全に奇襲を狙っていたのだろう。

　優勝が近くなったことで、手堅く守ってしまったのが完全に裏目に出てしまった。

「レイっ！　一体何が起こりましたのっ！」

「もう、終わり？　何かの間違いじゃないの？」

　二人ともに呆然とした様子で、俺の方に近寄ってくるが、すでに第二ラウンドは終了してしまった。

「おそらく、第一ラウンドは今回のための準備をしていたんだろう。しかし、思えば俺たちがあの位置にフラッグを設置すると予想しないと成り立たない戦術だ。第一ラウンドをあっさり捨てて、こちらに余裕を持たせる。そうすれば、きっと一番安全な場所にフラッグを置いて、このラウンドを確実に取りに来ると考えていたのだろう」

「全部相手の思惑通りだった、てこと？」

「そのようだな」

　残りのラウンドは、真正面からぶつかり合うしかない。

「二人とも。どうやら、最終ラウンドは真正面からぶつかり合うしかないようだ」

「みたいですわね」

「そうね。ここで引きずっていても、仕方がないわ」

そして、城の外にいるチーム：フォルストの三人と視線が交差する。

作戦を成功させて喜んでいる様子は全くなかった。

むしろ、戦いはこれからと言わんばかりの雰囲気。

油断など、微塵（みじん）も感じ取ることはできない。

気を引き締めて、最終ラウンドに臨むべきなのは間違いないだろう。

こうして決勝戦はまさかの展開で、最終ラウンドまで進むことになるのだった。

◇

「それでは、最終ラウンド——開始ッ！」

アビーさんの声を知覚したと同時に、俺たちは城の中へと駆け抜けていく。予想通り、一階の踊り場には誰もいない。

「二人とも、このまま駆け上がるッ！」

「「了解ッ！」」

絶対不可侵領域（アンチマテリアルフィールド）を展開。

目の前に展開されている遅延魔術（ディレイ）を一気に還元領域によって第一質料（プリママテリア）へと還元（レストレーション）する。

パラパラと舞う第一質料（プリママテリア）の残滓（ざんし）がこの場に溢（あふ）れかえる。

辿（たど）り着（つ）いたのは三階の踊り場。

そこには、たった一人で立ち尽くしているルーカス＝フォルストがいた。

悠然と、冷然と、その場でじっと佇（たたず）んでいる彼は、瞼（まぶた）をつむっていた。

「予想より早い。やはり、魔術を無効化できる手段を持っているようだね」

ゆっくりと目を開ける。

圧倒的な第一質料（プリママテリア）。

幾重にも重ねるようにして、纏っている。

質料領域（マテリアフィールド）の構築が桁違い。

この圧倒的な雰囲気を前にして、やはり俺が対処するしかないか、という思考が過（よぎ）る。

だがきっと、ルーカス＝フォルストはアメリアとアリアーヌが通り抜けるのを絶対に死守するだろう。

最終戦では、俺との一対一は望んでいない。

そんなことはとうに分かりきっている。

だが、二人に任せてもいいのだろうか。

そう思案していると、両肩に柔らかい手の感触を覚える。

「レイ、行って。ここは私とアリアーヌでどうにかするわ」

「そうですわ。元々、そのような段取りだったでしょう？」

「しかし――」

俺の懸念を理解しているのか、二人はじっと俺の双眸を射貫いてくる。

「私たちのこと、もっと信じて。大丈夫よ。レイが教えてくれたんだから」

「そうですわ。レイ、行ってくださいまし。ここは私たちに任せてください」

「そうか。健闘を祈る」

そうして、ルーカス＝フォルストに向き合うと彼はすっと道を開ける。

「終わったかい？　レイ＝ホワイト。君と真正面から戦うことは、今回の大会ではもう叶わないようだ。勝ちに拘りたいからね」

「勝つのは、俺たちですよ」

「ふふ。まぁ、最終決戦だ。いろいろと期待しているよ」

どうやら相手もまた、俺と同じ思考をしていたらしく、素直に道を通してくれる。

「健闘を祈る」

ボソリと呟くと、踊り場の先にある階段を駆け上がり、俺はたった一人で最上階へと向かっていくのだった。


「レイ。どうやら、予想通りの展開になったようだな」

「へへ。やっとこの時がきたか」

最上階。

最奥の部屋へと通じる踊り場に、アルバートとエヴィは立っていた。

二人ともに、すでに臨戦態勢に入っている。それは、纏っている雰囲気からすぐに理解できた。

「すまないが、二人にはここで倒れてもらう。そして、勝つのは俺たちだ」

アルバートとエヴィはさらに表情を引き締めた。

俺もまた、腰を低く下ろして臨戦態勢へと移行する。

前衛であるエヴィが一気に加速して、俺の懐へと入ってくる。

疾（はや）いッ！

エヴィとこうして真正面から相対するのは初めてだったが、予想以上に敏捷性（びんしょうせい）が高い。

彼は圧倒的な筋肉量をもって徒手格闘戦へと持ち込んでくる。

互いに内部コードを一気に流して、トップスピードでの戦闘を開始する。

「おっ、らあああぁッ！」

すでに後のことを考えていないのか、エヴィの攻撃は初めから全力。

駆け引きなど、存在しない。

ただ真正面からねじ伏せてやるという気概をもって、拳を振り続ける。

大振りになった瞬間を見計らって、俺は鳩尾に手刀を叩き込もうとする。

「やらせはしないさ」

後ろから割り込んできたのは、アルバートだった。

今までは後衛で魔術によるサポートをメインとしていたが、今回の戦いに限っては初めからエヴィと同様に超近接距離での戦闘を繰り広げるつもりのようだ。

後ろを振り向くことなく、感覚のみで彼の上段への蹴りを躱すと、体をぐっと屈める。

そして、一気に二人の間を抜けるようにして離脱を試みる。

しかし、エヴィとアルバート共に、俺を逃す気は全くないのか、果敢に攻めてくる。

「……やるな」

エヴィも巻き添えになりかねないというのに、俺と同様にアルバートの魔術を避けながら戦闘を続けている。

連携の練度は、やはり今大会でも屈指。

伊達（だて）に、この決勝まで上がってきたわけではないということか。

だが、そろそろ二人の攻撃も見切った。どうやら全力を出さずとも、無事に突破することができそうだ。

そう思っていると、アルバートの周囲に濃密な第一質料（プリママテリア）が収束している。遅延（ディレイ）魔術も含めて、巧妙に隠していたのだろう。

あっという間にこの空間は、大量の第一質料（プリママテリア）で満たされていく。

間違いない。

あの兆候は——固有魔術（オリジン）。

「おっと。ここから先は行かせねぇぜッ!!」

エヴィが巨軀（きょく）を大きく広げて、俺の前に立ち塞がる。

一気に自分の体をトップスピードまで持っていくと、ギリギリのところでエヴィを掻（か）い潜（くぐ）り、アルバートの元へと疾走していく。

しかし、アルバートの元にたどり着く前に、彼はその固有魔術（オリジン）を発動した。

アルバートを中心にして、白銀の世界が目の前に顕現した。

「——白夜反転（アルブムリバース）」

◇

レイと別れたアメリアとアリアーヌは、ルーカス＝フォルストと対峙していた。

このような状況がいつかやってくることは、すでに予測していた。

だからこそ、二人はレイに先に行くように促したのだ。

たとえ七大魔術師であろうとも、絶対にここで食い止めてみせると。

「アリアーヌ、時間を稼いで」

「まさか、アメリア。もう使う気ですの？」

「もう、なり振りかまっていられる状況じゃないわ。分かるでしょ、あの圧倒的な質料領域が」

「分かりましたわ。わたくしが食い止めます」

アリアーヌは、固有魔術である鬼化を即座に発動させた。

彼女のその綺麗に伸びるしなやかな四肢には、赤黒いコードが可視化され、一気に走っていく。

アリアーヌは思い切り地面を踏み締めて、駆け抜けていく。

初めからトップスピードで迫り、ルーカス＝フォルストの鳩尾に拳を叩き込もうとするが。

「疾い。それに、威力も申し分ない。やはり素晴らしいね」

アリアーヌは唖然とする。

アリアーヌが必中と思って放った拳は、いともたやすく避けられてしまったのだ。

ただ、そこで諦めるような彼女ではない。

今までのレイとの訓練を通じて、格上と戦うことには慣れている。

むしろ、ここで諦めてしまっては全てが終わってしまう。

——これくらいで、諦めたりしませんわっ！

その後。アリアーヌは果敢に攻める。それこそ、ルーカスが秘剣を発動する余裕を与えないように。

まだ、秘剣は発動させてはならない。

アメリアが因果律蝶々を発動するまでの時間を稼ぐ必要がある。

アリアーヌは自身の体の性能を限界まで引き出して、ルーカスに相対する。

だが、相手も伊達に七大魔術師ではない。

アリアーヌの発動している魔術は、固有魔術。

さらには、それは内部（インサイド）コードを極めた先にたどり着くものだというのに、彼はアリアーヌの攻撃をただ淡々と捌（さば）いていく。
「そろそろか……」
ボソリと呟いた瞬間、ルーカスの姿が目の前から消え去った。
「アメリアッ！」
すぐに追いつけないと悟った彼女は、後方のアメリアに向かって大声を上げる。
ルーカスは虎視眈々（たんたん）と狙い澄ましていたが……。
「大丈夫よ。もう、因果は成立しているから」
《第一質料（プリママテリア）＝エンコーディング＝物資（マテリアル）コード》
《物資（マテリアル）コード＝ディコーディング》
《物資（マテリアル）コード＝プロセシング＝四原因説（アイティア）＝質量因（ヒュレー）＝形相因（エイドス）＝作用因（エフィシエン）＝目的因（テロス）》
《エンボディメント＝因果律（コーザリティ）》
「――因果律蝶々（バタフライエフェクト）」
ルーカスが迫る直前。
アメリアの背中から、瞬く間に大量の紅蓮（ぐれん）の蝶（ちょう）が舞い上がる。

まるで、それは蝶たちの炎舞。

舞い散るのは、真紅(しんく)に染まる第一質料(プリママテリア)。

螺旋(らせん)を描きながら、溢れ出るその蝶は間違いなく、因果律蝶々(バタフライエフェクト)が発動した証拠。

今の一連の攻防でルーカスは悟った。

これは、囮(おとり)であったと。

アメリアは最後の最後で、一気にコード構築を加速させたのだ。

そもそも、コードを走らせる際に速くしたり、または遅くしたりなど普通はしない。

最後まで最高速で、一気にコードを走らせるのが普通の魔術の考えである。

七大魔術師であっても、例外ではない。

だが、アメリアは自分のコード構築の速度を囮に使用。

リーゼとの訓練で獲得した、彼女の成果でもあった。

すでにアメリアのコードを構築する技術は、七大魔術師に迫るものであった。

「……やむを得ないか」

ルーカスの足は、止まることはなかった。

因果律蝶々(バタフライエフェクト)が発動してしまったのならば、それを考慮した上で戦えばいい。

彼は刀を納刀。

アメリアに向かって躊躇(ちゅうちょ)なく秘剣を放つ。

「第八秘剣——残照暗転（ざんしょうあんてん）」

眩（まばゆ）い光がこの空間を支配すると、一気に視界が暗転する。

ルーカスは視界の封じられた世界で、アメリアの懐へと潜り込み、一閃（いっせん）。

確実に刃（やいば）をアメリアに直撃させたが。

「無駄よ。もう、この世界の因果は成立しているもの」

悠然と佇むアメリアの周囲には、さらに真紅の蝶が溢れ出てくる。

すでに、アメリアは因果律を成立させている。

それは、【ルーカスの攻撃が当たらない】という結果を生み出しているのだ。必中であったはずの彼の秘剣は、因果を狂わされてしまった。

まるで意図的に自分から避けているように、刀はアメリアの直前で歪（ゆが）む。

彼は一旦、二人から距離を取ると、再び納刀してじりじりと睨みつけることで二人に牽（けん）制（せい）をかける。

——因果律蝶々（バタフライエフェクト）。やはり、あまりにも厄介な能力だ。発動されてしまったからには、もう僕にはあれを突破するだけの能力はない。しかし、問題はおそらく、時間だろう。

仮に、アメリアが攻撃に因果律蝶々（バタフライエフェクト）を使用しているのならば、まだ活路はあった。ダメージをもらいつつも、圧倒的なスピードと秘剣によって切り捨てればいいのだから。

アメリアはそのことを理解していた。因果律蝶々（バタフライエフェクト）の性質上、戦闘で使用するならば防御をするために構築したほうがいいと。

絶対防御。

物理的な防御ではなく、因果律を支配した完全なる防御。

絶刀の魔術師であるルーカスでさえ、突破できるものではなかった。

因果の接続。

今、この世界の、この場所の因果律は全てアメリアの支配下にあった。

「因果律は、同時に二箇所発動できる？　いや、それはあまりにも強力すぎる。考えられる仮説は——」

アメリアは、まだ因果律を同時に発動させることはできない。

けれど、瞬間的に切り替えることはできる。

相手が複数であれば、この戦法は通用しないが、今はルーカス一人。

彼一人であれば、原因だけを固定して、結果を操作すれば原理上は可能だった。

ルーカスの推測は的を射ていた。

そして、ヒュッとその場で刀を振るうと上段に構える。

「やっぱり、僕の予想通りだ。ここから先は——我慢比べだ」

持久戦。

ルーカスは、この一連の戦闘で核心に迫っていた。

因果律蝶々（バタフライエフェクト）の唯一の弱点である――発動持続時間に。

以前よりも伸びているとはいえ、長時間発動できるものではない。

ここから先の戦いは、アメリアだけではない。

一見すれば、アメリアがいなければ成立しない戦いだが、ここから先は彼女だけでは凌ぎ切ることは不可能だろう。

この戦いは、アリアーヌにかかっているといっても過言ではない。

「アリアーヌ。私ができるのは、ここまでよ。あなたには絶対に攻撃を当てさせはしないわ。だから、思う存分に戦って」

「ええ。分かりましたわ」

すでにアメリアの鼻からはツーッと血が垂れ始めていた。魔術領域暴走（オーバーヒート）に限りなく近づいている兆候。

制限時間はごくわずか。その間で、アリアーヌが決着をつけることができればそこで優勝は確定したも同然。

互いに時間との戦い。

因果律蝶々（バタフライエフェクト）が解除される前に、アリアーヌがルーカスを倒せるのか。

それとも、ルーカスが因果律蝶々（バタフライエフェクト）の解除まで耐え忍ぶ事ができるのか。

最後の戦いは、アリアーヌに託された。

「――行ってきますわ。アメリア」

アリアーヌは、幾重にも重ねるようにして、コードを構築。

自身の鬼化（オーガ）を限界まで強化（バフ）した。

改めて、アリアーヌは腰を落として構えるとルーカスと対峙するのだった。

「さぁ、わたくしと踊ってくださいまし」

戦乙女は戦場にて、舞う――。

◇

「白夜反転（アルブムリバース）。第一質料（プリママテリア）を抑制する、広域干渉系の固有魔術（オリジン）だな。なるほど。今までの戦いは、全てここに持ってくるためのものだったのか」

第一質料（プリママテリア）が抑制された領域を生み出す固有魔術（オリジン）。既に互いの魔術は、ロクに発動もできないだろう。

つまりここから先は、この肉体で決着をつけるしかない、ということだ。

「そうだ。レイ、ここから先は肉体で語り合うしかない」

「そのようだな」

レイが持っていた氷剣はすでに消失していた。

この空間ではあらゆる魔術が無に還る。

一時的とは言え、この世界は魔術の無い世界。

あとは、己が肉体同士で語り合うしかない。

これが俺たちの描いた、勝ちへの道筋。

魔術戦では、勝ち目は無いのは分かりきっていたからだ。

「へへへ。ついにこの時がきたかっ！　レイ、俺たちの筋肉でお前を凌駕してやるぜッ！」

「やってみるといい」

レイと戦うにあたって、魔術戦ではこちらの方が不利だということはすでに話し合った結論から出ていた。

ルーカス先輩に聞いた話ではあるが、レイ＝ホワイトという魔術師はたとえ能力が封じられていたとしても、規格外であると。

でも、魔術を互いに使えない状況であれば肉薄できるかもしれない。

「「う、おおおおおおおッ！」」

駆け抜ける。

全ての想いを、この体に、この拳に乗せて——俺たちはレイへと立ち向かう。

エヴィと共に、レイに迫る。
今までの訓練で、仮想レイとしてルーカス先輩とかなりの戦いを重ねてきた。
その成果を見せる時が、今なんだッ！
挟み込むようにして、俺たちは分散する。
エヴィの拳がレイへと迫る。
その瞬間、俺は上段に蹴りを放つ。
レイからすれば、完全に死角。
これは流石に入っただろうと思うがやはり、そう簡単にいくわけもない。
レイは右腕でエヴィの拳を受け止め、左肘で俺の蹴りを止めていた。
それも、どちらも力が乗り切る前できっちりと止めていたのだ。
魔術で知覚しているのではない。
おそらくは、今までの膨大な経験。
それこそ——レイの努力の足跡。
ここまでしても、レイの頂が見えることはない。
だが、ここで止まるわけにはいかない。
どうしてだろう。俺は今——とても楽しいと感じている。
死闘を繰り広げ、肉体は痛みで悲鳴を上げ、視界も僅かに霞(かす)んできた。

それなのに、俺は、俺たちは、この状況を心から楽しんでいる。

「ははは ッ！」

「へへへ！　笑えるぜ。なぁ、アルバートォ！」

「あぁ！　間違いない。最高に、笑えるさッ！」

体は限界。魔術領域もすでに、限界だ。

だというのに、俺たちはいま笑っている。

この足は止まらない。立ち向かい続ける。

ただまっすぐ、進み続ける。

なぁ、レイ。俺は、お前と出会うことで変わることができたのだろうか。

まっすぐ進むことができているのだろうか。

いや、レイだけじゃない。

数多くの友人たちと出会って、俺は今、進めているのだろうか。

その問いの答えは、とっくにあったんだ。

俺の心の中に。

だから、こうして戦えている。圧倒的な存在を前にして、体を動かすことができている。

全てがスローモーションのように過ぎ去っていく。

互いの拳が、交わる。

何度も地面を転がる。エヴィと入れ替わるようにして、俺は何度だって立ち上がる。立ち向かい続ける。

無我夢中に、ただ真っ直ぐ(まっすぐ)に、まるで自分の存在を証明するかのように。

「はぁ……はぁ……はぁ。ごほっ……」

「へへへ……アルバート……あとは、頼んだ……ぜ……」

二人して大の字になって、転がる。

エヴィは最後にそう言葉にすると、気絶してしまった。彼は、俺が固有魔術(オリジン)を発動するためにずっとレイと戦っていた。

白夜反転(アルブムリバース)が展開された後も、俺を何度も庇(かば)ってくれた。

その大きな体で、レイの攻撃を受け続けたのだ。

だから、意識を失ってしまうのも無理はなかった。

ありがとう、エヴィ。

だからお前の分も、俺はまだ——立ち上がってみせる。

「レイ、俺は……負けない。負けるわけには……はぁ……はぁ……いかない」

見据える。

レイもまた、額から血を流していた。ダメージは確実に入っている。

それでも彼は悠然と佇んでいる。

その闘気が衰えることはない。依然として、臨戦態勢で俺のことを捉えている。

あぁ。もう、分かっている。結局レイに届くことはなかった。

「アルバート。心してかかってこい——その気概、真正面から受け止めよう」

「はぁ……はぁ……う……うぅ……」

よろよろと歩みを進める。もう肉体は活動を停止しろと、言っている。言っているが、この——最後の一撃だけは、全力で叩き込むッ！

「う、うおおおおおッ‼」

レイの目の前まで全力で駆け抜けると、パァンッ！　と弾けたような音が響き渡った。

レイは俺の拳を、右手でしっかりと受け止めたのだ。

ビリビリと電流が走るかのような痛み。

そこから先は、感覚がなくなっていくかのように、ズルズルと倒れ込んでいく。

その際に、俺は自分の想いを吐露した。

「なぁ……レイ」

「あぁ」

「俺は強くなれただろうか？　あの時よりも、成長できただろうか？」

「アルバート。君は間違いなく、強くなった。成長した。それは、俺が証明しよう」

「あぁ……そうか……俺は、そうか……」

俺は、負けてばかりだ。いつもいつも、敗北してばかりだ。

でも、それは当然だろう？　今まで俺が努力を怠って、才能に傲り、他者を見下して悦に浸っている間にもレイは努力していたのだから。

敗北には慣れない。でもきっと、俺をさらに成長させてくれる。きっと、これは一生慣れることはないのだろう。

倒れる。その場に受け身を取ることも叶わずに、ぐらりと体はまるで糸が切れたかのように、倒れ込む。

「はぁ……はぁ」

天井を見つめる。

敗北だ。その現実を受け入れると、白夜反転は解除され、元の世界が戻ってくる。

俺は最後に、レイに言葉を投げかけた。

「レイ。ありがとう。レイの……おかげで俺は……ここまで、来ることが……できた」

「アルバート、俺だって同じさ。君には、友人たちには本当に感謝しかない。戦う事ができて、よかった」

「そうか。レイも、そうだったのか……」

「あぁ。それでは、失礼する」

駆け抜けていく音が、響く。

そうして俺は、意識を手放すのだった。

◇

「さぁ、わたくしと踊ってくださいまし」

鬼化をさらに強化して、わたくしはルーカス＝フォルストに立ち向かいます。

今までは、因果律蝶々のような魔術を発現できたら、なんてことも思っていました。

でも、そのことを相談するとレイは言うのです。


「魔術師らしい、魔術か」

「はい。わたくしには難しいでしょうか？」

「難しいだろうな。アリアーヌは、内部コードに適している魔術師だ。これぱかりは、才能と割り切るしかない」

「そうですの……」

「だが、魔術師らしい、というのはおかしな表現だと思わないか？」

「え？」

少しだけ落ち込んでいると、レイはその真っ直ぐな瞳で私の双眸を射貫いてきました。

そこには、純粋な彼の瞳が映っていました。

「内部コード（インサイド）だろうが、外部コード（アウトサイド）だろうが、魔術は魔術だ。そこに変わりなど、ありはしない。それに、俺はアリアーヌの魔術が好きだ。その真っ直ぐな性格を反映したかのように、内部コード（インサイド）を扱う技量は素晴らしいものだ」

「そ、そう思いますの？」

「あぁ。だから、自信を持ってもいいと俺は思う。それに、内部コード（インサイド）は極めてしまえば、それだけで圧倒的な力になる。アリアーヌは、今のまままっすぐと進めばいい」

「そうですわねっ！　レイの言う通りですわっ！」


彼はわたくしに本当に数多くのものを与えてくれました。

その集大成が、今なのです。

そうですわね。

わたくしは、わたくしのままで良かったのです。

アメリアを見て、焦ったり、嫉妬してしまったり、葛藤は数多くありましたが答えはすであったのです。

自分を信じ、仲間を信じ、まっすぐ進めばいい。

変わらずわたくしは、理想とする乙女の道を進みます。

「いきましょう」

覚悟を決めて、わたくしは駆け出します。

相対するのはルーカス＝フォルスト。

七大魔術師が一人――絶刀の魔術師。

七大魔術師はわたくしとは格が違うというのは、レイを見てきてよく分かっています。

彼曰く、絶刀の魔術師はレイにも匹敵するか、それ以上だと。

現在は、アメリアの因果律蝶々でその攻撃が当たらないという結果を生み出してもらっています。

ただ、アメリアの因果律蝶々も万能ではありません。

「もし、ルーカス＝フォルストと二人で対峙することになったら、私はアリアーヌを優先的に守るわね」

「でも、それだとアメリアが……っ！」

試合前。

アメリアとの会話を思い出しますが、この話はすでにレイも含めて何度もしていました。

アメリアは冷静にわたくしを落ち着かせるように淡々と話を続けるのです。

「因果律蝶々(バタフライエフェクト)は、まだ一つの因果律しか操作できない。なら、アリアーヌを守るべきだわ。私は、あなたと違って超近接距離(クロスレンジ)での戦闘は苦手だから。きっと、ルーカス＝フォルストとは勝負にもならない」

「それは……」

アメリアは確かに、魔術師としてすでに完成されつつあります。

それでも、超近接距離(クロスレンジ)での魔術戦となれば厳しいのは彼女も理解しているのです。

「だからさ、アリアーヌ」

アメリアの表情と瞳は、まるで試合前の大空のように澄み渡っていました。

もうアメリアは以前の彼女ではありません。

悩み、葛藤し、彷徨(さまよ)い続けている彼女は、レイとの出会いで変わったようですから。

アメリアは凜(りん)とした美しい声で、わたくしにこう告げるのです。

「――アリアーヌが、私を守ってよね」

ニコリと微笑むアメリアに、見惚れてしまいます。

その言葉は信頼の証。

わたくしならきっと、アメリアを守り切った上で勝利できると、そう信じてくれた上での言葉。

その瞬間。

この心は言葉にできないような感情でいっぱいになります。

あぁ。本当に、本当に心から思いますわ。

大切な友人たちと共に、ここまで進むことができてよかったと——。

「いいよ。踊ってあげるよ」

彼がわたくしの言葉に応えると同時に、戦闘がついに幕を上げました。今回の戦闘において、圧倒的なアドバンテージがあるのはこちら。

相手は全ての攻撃を封じられているのです。

わたくしが為すべきことは、ルーカス＝フォルストを戦闘不能にすること。加えて、絶対にアメリアに攻撃を与えさせないこと。

彼とわたくしの間には、膨大な数の紅蓮の蝶が舞っています。パラパラと舞い灼けるように赤い第一質料（プリママテリア）の残滓。

周囲は紅蓮の燐光（りんこう）で満たされます。

この紅蓮の蝶が全て消えた時、タイムリミットはやってきます。

その間に、何とか決着を付けないといけません。

「はあああああああああッ！」

突撃。

わたくしの拳はあっさりと躱されてしまいます。

反応速度を極限まで高めているというのに、これを避ける技量にはただただ感嘆するしかありません。

それでもわたくしは攻撃をやめません。

相手にできることは、ただ時間が過ぎるのを待つだけ。

わたくしは、アメリアを信じて戦い続けるだけですわ！

攻めることを止めるわけにはいきません。

「逃しませんわっ！」

大丈夫。

わたくしは、ちゃんと戦えていますわ。

アメリアが支えてくれ、レイが教えてくれたことが、この心には確かに刻まれているのですから。

周囲に飛んでいる、アメリアの因果律蝶々（バタフライエフェクト）によって顕現している蝶は、確実に数を減らしていきます。

「はああああああっ！」

奮い立たせる。

わたくしは止まってはいけないんですの。この拳には、全てがかかっているのです。

「わたくしは、絶対に負けませんわあああああああッ!!」

迫る鋭い刀が当たることはないと分かっていても、怖いものは怖い。

鋭い剣戟を目の前で見れば見るほど、彼の卓越した技量が分かってしまいます。

おそらくは、まともに相対すれば負けてしまうのはわたくしでしょう。

出力をさらに上げていきます。

限界を超えた力を、今は引き出すしかないのです。

「うぅ……ぐ……ううう……っ！」

後方からはアメリアの苦しむ声が聞こえてきます。

おそらくは、かなり厳しい状況なのでしょう。

わたくし以上に、アメリアはもう限界に近い。それは、周囲に飛んでいる蝶の数を見れば分かりました。

ルーカス＝フォルストの放つ必中の攻撃を、全て因果律を操作することで守ってくれていたのです。

わたくしのこの攻撃は、いわば諸刃の剣。

限界を超えて、その先でこそ成り立つ固有魔術。

攻撃を一度でも当てることができれば、おそらくは勝利することができるのです。わたくしは、その自信がありました。

──あぁ。どうしてでしょう。

わたくしは、目の前の戦いに集中しないといけませんのに……思い出すのは、レイとの特訓の日々です。

冷静沈着で、いつもクールな表情をしてますが、とても心の熱い人。

世間知らずなところもあって、放って置けないというか。

それに、レイの笑顔は少しぎこちないのですが、とても魅力的なのです。

本当に心から嬉しそうに笑う彼の表情が、大好きなのです。とても愛おしいと、そう思うのです。

そうして、この時が止まったかのような世界の中で、わたくしは気がつきます。

──あぁ。そうでしたか。

ずっと否定してきました。この大会に集中するために、ずっと忘れようと否定してきた感情。

きっと認めてしまえば、自分が揺らいでしまうような気がしたから。

その感情はきっと、わたくしを弱くしてしまうと思っていたから。

けれど、認めてみるとさらに力が湧いてくるのです。

そう。ずっと前からわたくしは、レイに恋していたのです。

彼を、愛していたのです。

わたくしはもうずっと前から、恋する乙女だったのです。

ドクン、ドクン、ドクン。

心臓が鼓動を打って、目の前の景色が過ぎ去っていきます。

そうでしたのね。

きっと、わたくしのこの成長の原点は、レイに対する恋心だったのかもしれません。

もうとっくに、音は聞こえません。ただただ、自分の体を懸命に動かして、最強の存在である絶刀の魔術師に立ち向かいます。

彼への恋心が、わたくしをさらに加速させていきます。

そして、彼は咄嗟に刀でガードを試みようとしますが。

転瞬。

それを一瞬で躱すと、わたくしはこの拳を彼の胸元へと叩き込みました。

刀の上から叩きつけるようにして、この拳を思い切り振り抜いたのです。

それと同時に、壁へと転がっていた彼は受け身を取ることもなく、その場に伏せています。

「はぁ……はあ……」

まるで糸が切れたかのように、その場に倒れ込みます。

同時に、わたくしの周囲に舞っていた紅蓮の蝶は姿を消します。

アメリアも限界を迎えたのでしょう。本当にギリギリ、ギリギリの戦闘でした。

しかし、わたくしはやったのです。あの絶刀の魔術師を戦闘不能に追い込んだのです。

あとはレイが、レイがなんとかしてくれればっ！

と、地面に横たわりながらそう思っていましたが、後方に吹っ飛んで行った彼が、刀を杖のようにして突き立てると、ふらふらと立ち上がるのです。

「危なかったけど、僕の……勝ちだね」

額から血を滴らせながらそう言いますが、まだまだ戦う意志がある姿。

まだ、まだ終わっていない。ならば、わたくしも立ち上がらないと……まだ、戦わないとっ！

「う、ぐううっ！」

痛む体を無理やり引き起こすと、わたくしは彼と対峙します。

すると、後ろからふらふらとアメリアがやってきます。

「あ、アリアーヌ。まだ、やれるの……？」

「もちろんですわっ！」

アメリアも、すでに満身創痍でした。

わたくしのためにかなりの無理をしてくれたのでしょう。

しかし、いま言ったのは虚勢。

もう、彼をどうにかする手段などわたくしたちには残されていません。

そうしていると、階段から誰かが駆け下りてくる音が聞こえてきました。

「──二人とも、フラッグは奪取したッ！　あとは駆け下りるだけだッ！」

信じていました。

レイならきっと、フラッグを奪取してここにたどり着いてくれると。

レイの声を聞いた瞬間、アメリアは倒れ込みます。

「あ……アリアーヌ。後はレイと、二人で頑張って……私はもう、ダメみたい」

「アメリア。本当に、ありがとうですわ。ここから先は、わたくしたちに任せてくださいまし」

「うん……頑張って……ね。絶対に……優勝するって、信じてるから」

その言葉を最後に、アメリアは気を失ってしまいました。

彼女の意志も継いで、わたくしはまだ戦います。

体は悲鳴をあげ、確実に蝕まれているような感覚に陥っています。すでに、痛覚もなくなりつつあるのです。

でも、ここで止めることは許されません。

アメリアはここまで、わたくしを守るために……頑張ってくれたのですから。

こうしてついに、最後の戦いが始まりました——。


パッと見て把握するに、現状はこちらの方が有利。

ルーカス＝フォルストも満身創痍。

わたくしの攻撃を防ぐことはできたようですが、ダメージはかなり入っている様子。

一方で、わたくしは彼と同じか、それ以上にダメージを負っています。

レイはといえば、彼もそれなりに負傷はしているようですが、まだまだ動ける様子でした。

おそらくは、この中で一番レイが動くことができるでしょう。

「アリアーヌッ！　あとは任せるッ！」

レイはそう言うと、わたくしの側にやってきてフラッグを譲渡してきます。それと同時に、彼は端的に伝えてきました。

「俺が、彼を抑える。なんとかアリアーヌは、フラッグを運び出してくれ」

「分かりましたわ」

本当は、わたくしも一緒に戦いますわ！　と言いたいところでした。

しかし、レイの言葉が理解できないほどわたくしは愚かではありません。

彼は信じてくれているのですから。

「──行けッ!!　走れッ！」

レイの背中をチラッと見ると、見捨てるようにして疾走していきます。

残り時間はすでに十分を切っています。

ギリギリ、本当にギリギリ間に合うかどうかの瀬戸際。

「──絶対に逃さないよ」

「ぐッ！」

どうやら、完璧に足止めすることは流石のレイでも難しいようで、後ろの声が聞こえるほどには近づいています。

そんな中、わたくしはレイを信じてただただこの城内を疾走し続けます。

走って、走って、駆け抜けて、疾走し続けるのですッ！

「はぁ……はぁ……はぁ……っ！」

痛い。痛い。痛い。
体が悲鳴を上げていますの。
もう、止まってしまいたい。
もう、諦めてしまいたい。
軋(きし)む体に、灼けているかのように熱い魔術領域。
心の弱い部分は、囁(ささや)いてきます。
ここまでくれば、諦めても誰も文句は言わないと。
むしろ、よくやったと褒め称えてくれると。
ここで諦めてしまっても、いいのではないか。
ここで立ち止まっても、きっと誰も責めることはない。
けれど、わたくしは——。

「はぁ……はぁ……わたくしは……わたくしは、絶対に負けませんわぁあああああああああッ!!」

咆哮。

自分に負けないように、必死に声を荒らげます。もうすでにこれは、自分との戦いなのです。

レイが抑えてくれている間に、あとはわたくしが制限時間内にフラッグを外に持っていけばいいだけ。

そうすれば、優勝できる。

「あと、少しっ！　もう少し、ですわっ！」

見えた。一階の踊り場にたどり着くと、視線の先に外の景色が目に入りました。

あと、時間がどれだけ残っているのか、そんなことは気にする余裕はありません。

ただ、あの場所にフラッグを突き立てれば、わたくしたちの優勝が確定するのです。

勝った、勝ちましたわッ！

ここまでくれば、間違いなく優勝はわたくしたちですわッ！

と、勝利を確信したその瞬間。

ぐらり、と体が倒れ込みます。

「あ……え？」

限界。

いくら心で前に進もうと思っても、体は無慈悲にも限界を迎えてしまいます。レイは依然として後ろでなんとか戦っています。

　本当にギリギリのところで、押し留めてくれています。

　レイもかなり消耗しているのは分かります。

　それは、聞こえてくる彼の懸命な声で分かってしまうのです。

　アメリアをあの場に置いてきて、レイに守ってもらって、ここで……わたくしが諦めるわけには——いかないですわっ！

　進むしか無いのですわっ！

「ぐ、うううっ！　うわあああっ！」

　フラッグを口で咥えると、それを思い切り歯で噛み締めました。

　そうして、なんとか這いずるようにして進んでいきます。

　ここまできてしまえば、外聞など全く気になりません。

　ただ勝利するだけ。

　あと少しで、優勝は目の前なのですから。

　全ての想いを、みんなの意志をわたくしは継いでいるのです。

　たかが、脚が動かなくなった程度で、諦めるわたくしではないのですわっ！

　這いずって、這いずって、這いずって——なんとか所定の位置に、やっと、やっと……たどり着きました。

「――これで、優勝ですわっ！」

咥えているフラッグを右手に移動させると、勢いよくその場に突き立てました。

その瞬間、大きなサイレンがこの場に響き渡りました。

「――勝者は、チーム：オルグレン」

勝った？

勝ちましたの？

わたくしは間に合ったんですの……？

聞き間違いなどではありません。

この耳には間違いなく、わたくしたちのチームが勝利したというアナウンスが聞こえてきました。

わたくしは、わたくしたちは勝ったのです。

勝利したのです。

優勝。優勝したのです。

体はとっくに限界を迎えています。

もう、動くことはできません。それでも、わたくしは自分の力でたどり着いたのです。

アメリアとレイが支えてくれたから。

二人がいなかったら、絶対に諦めていました。

二人の想いが、わたくしを前に押し進めてくれたのです。

断言できますわ。絶対に一人だけでは、この場所にたどり着くことはできなかったと。

そうして一人で泣いていると、ボロボロになったレイが近寄ってきました。本当にここまで懸命に戦ってくれたのでしょう。

わたくしと同じか、それ以上にレイは傷ついていました。

「アリアーヌ」

「レイ。勝ちました……わたくしは、わたくしたちは、やりました……」

「あぁ。本当に最後まで頑張ってくれて、ありがとう」

「ええ。でも全ては、みんなの力ですわ」

「そうだな。ありがとう、アリアーヌ」

レイに優しく抱きしめられ、少しだけ涙が零れ落ちていきます。

ああ。やっぱりわたくしは、改めて思うのです。

この恋心こそが、大きな原動力であったと。

ありがとう、レイ。

あなたに恋をして、あなたに憧れたからこそ、わたくしはこうして成し遂げることができたのです。

レイがいなければきっと、わたくしはずっと一人のままでした。

アメリアに追いつくこともできずに、ただ強いフリをしているだけだったと思います。

そんなわたくしが、こうしてこの場にいるのは本当に、レイのおかげなのです。

レイと出会うことができたから、たくさんのものをわたくしに与えてくれたから、最後まで諦めることなく戦うことができたのです。

ありがとう、レイ。

あなたに出会えて、本当に幸せですわ。

自分の心に正直になって、わたくしはきっとこれから自分の道を進んでいきますわ。

レイと出会わなければ、わたくしは迷ったままだったでしょう。

だからこそ、レイ。

わたくしはあなたのことを——。


心から、愛していますわ。

◇

大規模魔術戦（マギクス・ウォー）が無事に終わりを迎えた。

優勝チームは、俺たちチーム：オルグレンとなった。

本当にギリギリの戦いだった。

最後の攻防。

ルーカス＝フォルストの攻撃を凌いでいる時は、アリアーヌを守ることで精一杯だったので時間を意識する余裕すらなかったのだが……残り時間は二秒だったらしい。

アリアーヌがなんとか這いつくばって、フラッグを突き立てたあの瞬間。

あと二秒遅れていれば、俺たちは優勝を逃していた。

正直なところ、アリアーヌが限界を迎えて倒れてしまった時には、覚悟をしていた。

このまま敗北する可能性も、あるかもしれないと。

だが、アリアーヌはやり遂げてくれた。

「はぁ……はぁ……ギリギリだった」

膝をつく。

どうやら、アリアーヌのおかげでルーカス＝フォルストはかなり消耗していたようだった。

だが、最後の執念の宿った剣戟は、それを感じさせないほどに圧倒的なものだった。

俺はダメージを負っていたとはいえ、魔術領域は無事だった。

そのため、氷剣を複数展開してギリギリ防御することができた。

おそらくは、彼が本領を発揮していたならば突破されていたに違いない。

様々な要因が絡み合い、勝利を勝ち取ったのだ。

全員の努力があってこそ、優勝にたどり着くことができたのだ。

「負け、だね」

ルーカス＝フォルストがゆっくりと近づいてくる。

そんな彼の表情は負けたというのに、どこか晴れやかなものだった。

「本当にいい試合でした」

言葉を紡ぐ。それは、心から思ったことだった。

「そうだね。僕も、最後まで本気で戦ったけど、そちらの方が一枚上手だったようだ。君も含めて、本当にいいチームだった」

「恐縮です。しかし、それはそちらも同じだと思います。エヴィにアルバート。二人とも、よく鍛えられていました。それに、アルバートの固有魔術(オリジン)には驚きました」

「こちらとしては、それでどうにか君を戦闘不能にしたかったけど、難しいのは分かっていた。二人もそれを承知の上で、時間稼ぎのために全力を投じてくれた。本当に感謝しかないよ」

今までの印象は、機械的で冷静沈着な人だと思っていた。

でも、エヴィとアルバートに向けるその言葉は、本当に心からの感謝の念がこもっている気がした。

優しそうに微笑むと、彼はこちらに手を伸ばしてきた。

「ありがとう。チームで戦うことができて、いい経験になったよ」

「こちらこそ」

握手を交わす。

大きな手ではないが、分厚く硬いものだった。彼の努力の足跡が、少しだけ理解できた瞬間であった。

「でも、僕はやっぱり一対一での戦いを望んでいる。改めて、来年の魔術剣士競技大会(マギクス・シュバリエ)を楽しみにしているよ」

「はい。自分も、楽しみにしています」

そう言って彼は、颯爽とその場から去っていった。

すでに城内には、救護班が駆け込んでいるようで、倒れている三人の元に改めて向かう必要はないようだ。

そうして俺は、その場で倒れ込んでいるアリアーヌの元に向かう。

「アリアーヌ」

声をかける。

「レイ……勝ちました……わたくしたちは、やりました……」

俺は優しく、アリアーヌを抱きしめるのだった。たった一人で、最後は頑張ってくれた。

本当に、俺はアリアーヌのそんな頑張りに感謝をしていた。

「あぁ。ありがとう。本当に最後まで頑張ってくれて、ありがとう」

最後の攻防では、這いつくばってまで、フラッグを運んでくれた。

きっと、辛かっただろう。

諦めたい瞬間も、あっただろう。

けれど、アリアーヌは最後まで成し遂げてくれた。

俺を信じて、戦ってくれた。諦めることなく、進んでくれた。

そのことが、俺は何よりも嬉しかった。

この優勝は、三人で成し遂げたものなのだから——。

閉会式。

準優勝のチーム：フォルストが表彰され、最後に優勝したチームである俺たちが壇上へと登る。

アメリアは見た目よりも負傷は軽いようで、今は自分の足でしっかりと歩いている。

アリアーヌは頭と体には包帯を巻いて、痛々しい姿だがそれでも彼女はとても嬉しそうに微笑んでいた。

「大規模魔術戦（マギクス・ウォー）、優勝はチーム：オルグレンだ。改めて優勝おめでとう」

アビーさんがニコリと微笑みながら、俺たちにトロフィーを贈ってくれる。

もちろん受け取るのは、チームのリーダーであるアリアーヌだ。

「謹んで、いただきますわ」

アリアーヌはそれを受け取る。

トロフィーを天に掲げるようにして持ち上げると、観客たちから割れるような拍手をもらうのだった。


「おめでとー！」

「すごかったぞー！」

「おめでとうー！　すごかったわよー！」

「本当に最高の試合だったー！　ありがとうー！」

数多くの拍手、さらには声援をもらってアリアーヌは微（かす）かに涙ぐむが、グッとそれを堪えて手を振ってそれに応える。

俺とアメリアもまた、手を振ることでそれに応えるのだった。

「さて。本日の大会は、初めての試みであり、色々と難しいこともあっただろう。しかし、こうして無事に終わることができて本当に良かったと思う。また、参加してくれたチームは非常に練度の高いものばかりだった。この調子で、切磋琢磨（せっさたくま）していって欲しい。私からは以上だ」

その言葉を最後に、大規模魔術戦（マギクス・ウォー）は無事に終了することになるのだった。

エピローグ1　友情の果てに

「あれは」

円形闘技場(コロッセオ)から外に出て行こうとすると、エヴィとアルバートが待っていた。今は、アリアーヌが病院で治療するということで、それにはアメリアが付き添っていた。

　俺も行くと言ったのだが、「一人で大丈夫よ。レイは、まだ話すべき人がいるでしょう?」と言ってくれたので、こうして二人の元へとやってきた。

　所々に包帯はしているようだが、二人ともしっかりと自分の足で立つことはできるようだった。

「レイ。ありがとう、いい試合だった。負けてはしまったが、後悔はない」

「アルバート。そうか……こちらこそ、本当にありがとう。いい試合だった」

　握手を交わす。

　次は、エヴィはニカッといつものように白い歯を見せて、その大きな分厚い手で握手を求めてくる。

「レイ！　やっぱお前は強えなぁ。本当に凄(すご)かったぜ！　俺とアルバートなら、勝てるかもって思ったが、まだまだみたいだな！　次はもっと、筋肉をさらに鍛えてから試合に臨むことにするぜ！」

「あぁ。そうだな。二人ともに、素晴らしい筋肉だった」

ガシッとその大きな手を握る。

エヴィの筋肉は依然として素晴らしいものだった。

それでも、まだ高みを目指すとは、本当にその向上心には驚いてしまう。

そして俺は、自分の想いを伝える。

「二人とも、改めて礼を言わせてくれ。決勝戦で、戦うことができて本当によかった。友人たちとこうして切磋琢磨する機会など、今までの俺にはなかった。だから、この大会はずっと楽しかった。心が躍っていた。二人と友人になることができて、俺は本当に良かった。ありがとう。エヴィ、アルバート」

心から思ったことを伝える。

今まではずっと、友人というよりは戦友たちが側にいた。もちろん、戦友のみんなも大切な人たちである。

だが、こうして同じ歳の友人と一緒に切磋琢磨することも、俺にとっては本当にかけがえのないものだった。

俺は素直に自分の心情を吐露した。

「いや、俺こそ礼を言わせてくれ」

アルバートは少しだけ俯きながら、話を続ける。

「俺がここまでくることができたのは、レイと出会ったからだ。いや、レイだけじゃない。他の友人たちにも、俺は出会えたからこそ……自己を見つめ直して、前に進むことができた。二人とも、ありがとう」

晴れやかな表情だった。

思えば、アルバートとの出会いはいいものではなかったが、今の彼は本当に自己を省みて大きく成長したのだろう。

あの決死の覚悟で戦う姿を見て分かった。

そうだ。

俺たちはこれからもきっと、互いに高め合ってゆける。

「俺だってそうだぜ！　二人に出会えたからこそ、この筋肉もさらにデカくなったからなっ！　へへ、ちょっと照れるが、ありがとなっ！」

そうだ。

俺たちは、大切な人たちが、友人たちがいるからこそ、こうして前に進めるのだから——。

「よし！　じゃあまた、みんなで筋トレでもすっか！　行こうぜ、レイ！　アルバート！」

「「おうっ！」」

俺たちは、会場を後にするのだった。

きっとそれは、今までの中でも一番心から笑えた瞬間なのかもしれない——。

◇

「アメリア。わざわざ付き添ってくださり、ありがとうございますわ」

「いいのよ。私も、病院には行くつもりだったし」

今はちょうど検査入院をするということで、わたくしはベッドに寝ていました。

アメリアが付き添ってくれたのは、本当に嬉しいのですが、欲を言えば——。

「レイにも来て欲しいって、思ったでしょ今」

と、アメリアがまるでわたくしの心を読んだかのようなことを言ってきます。奇しくもそれは的中しているので、思いっきり動揺してしまいます。

なんとか隠そうとしますが、やはり自覚した今となってはそれも難しいようです。

「え……っ⁉　べ、別にそ、そ、そんなことはありませんのよっ！」

「ふ〜ん。まぁ……いいけどね。アリアーヌがレイに惹かれていたのは、ずっと前から分かってたし」

「え？」

ずっと前から分かっていたっ⁉

わたくしがこの気持ちに気がつく前から、アメリアは気がついていたというんのですのっ⁉

「やっぱり、ね。でも、自分の気持ちにやっと気がついたみたいね」

「そ……それはっ！」

否定したい気持ちもあります。だって、わたくしはアメリアがレイのことを好きだということを、知っていたのですから。

それをこんな風に、後から好きになるなんて。

でも、それでもやはり……わたくしは、レイのことが好きですの。

何だか、反則のような気がしてなりませんの。

彼に惹かれていることは事実。

ですから、はっきりとアメリアに話すことにしました。

「そう、ですわ。わたくしは、レイのことが好きですわ。それだけは、はっきりとしていますの」

「そっか。なら私たちは、恋のライバルね」

「恋のライバル？」

「ええ。だって、同じ人を好きになっちゃったんだもの」

「アメリア、あなたは……」

彼女は優しく微笑みかけると、わたくしの方へと手を伸ばしてきました。

それを握ってもいいのか、わずかに迷いますが……アメリアが無理やり引き寄せるようにしてこの手に触れてきます。

「アリアーヌ。別に私に引け目を感じなくたって、いいのよ。だってレイはとっても魅力的な人だから。きっとこうなるのは、分かってたの。あなたも、レイに触れてもらったんでしょ？　その心に、さ」

「お見通しみたいですわね。えぇ。認めますわ。そして、そうですわね。これからは恋のライバルとして、アメリアと競っていくことにしますわっ！」

「ふふ。そうこないと、アリアーヌらしくないわね」

と、二人で笑い合っていると、扉の方から声が聞こえてきました。

「——あらあら。とても面白いお話をしていますね」

「やっほーっ！　お見舞いにきたよっ！」

それはなんと、レベッカ先輩とオリヴィア様でした。

彼女たちもまた、レイのことが好きということは知っています。

そして何よりも、その本気度合いはアメリアと同等か……いえ、それ以上の執念があるというか。

ともかく、今の話を聞かれたのは非常にまずいと思ってしまいますが。

「やっぱり、私も思っていたんですよ。レイさんとあれだけ近い距離にいれば、いずれこうなってしまうって」

「うんうん。私もずっとそう思っていました」

「全く、レイは本当に罪な男だねぇ……ボクの気も知らないでさ」

どうやら三人は完全に同調しているようで、意気投合します。

「それでなのですが、レイさんの実家に行った話を、詳しく聞かせていただきましょうか？」

レベッカ先輩のことは、昔から知っています。

歳こそ二つ上ですが、幼なじみのようなものです。

そんな彼女はとても麗しくて、美しい笑みを浮かべます。

ずっと前から変わらない。

けれど、何故でしょうか。

今はこの笑顔がとても怖いんですわっ！

笑ってはいます。確かに、目を細めてニコリと微笑んでいます。

しかし、その日は決して笑っていないのです。

まるで、深淵でも覗き込んでいるような……。

一人であまりの恐怖に震えていると、さらにアメリアが追撃してきます。

「あ、そうよ！　私もちゃんと聞かないと！　アリアーヌ、しっかり話してよねっ！」

「ボクだってまだ行っていないのに⁉　アリアーヌ、ちゃんと話さないとダメだよっ！」

さらに、オリヴィア様も詰め寄ってきます。

「あ、あはは……」

もう、どうにでもなれですわ。

こうなったら、全部話すしかないですわ。

その後、わたくしたちはまるで昔のように、四人で仲睦まじく話をしました。

レイのどこが魅力的なのか、逆にレイはあまりにも鈍感すぎて先に進むことができない、などなど。

たくさんの話をしました。

あぁ。やっぱり、そうですわ。

レイのおかげで、わたくしたちは成長できたのだと。

レイが側にいてくれたから、わたくしたちは再びこうして笑い合うことができるのだと。

彼の存在は、わたくしだけではないのです。

きっと多くの人間を変えているのでしょう。

「だーかーらー！　レイさんは私のことを想ってくれているのです！　アメリアさんには負けてませんよっ！」

「ふーんだっ！　私なんて、レイと一緒に生きていくんだもんっ！　実質夫婦みたいなものだもんっ！」

「またその話ですかっ！　いつまで同じこと言うんですかっ！」

「ずっと言うもーんっ！」

「ふふ。二人はまだその次元なんだね。ボクとレイは、ずっと繋がっているからね！」

「……レイさんは妹のようにしか、思っていませんよ。きっと」

「む。レベッカがそう思っているだけだよね？」

「いえいえ。事実だと思いますよ？」

どうやら、気がつけば年甲斐もなく、三人で口喧嘩をしていました。

オリヴィア様はともかく、本当にアメリアとレベッカ先輩は変わりました。

今までわたくしたちは、貴族の宿命に囚われていた。

それをまるで呪いのように、受け入れていました。

今はどうでしょうか。

確かに、状況は変わりません。わたくしたちは、どこまでいっても三大貴族の令嬢であることに変わりはありません。

しかし、レイがいるだけでこんなにも世界は鮮やかに、美しく見えるなんて。

あぁ。本当に全く彼は、不思議な人間ですわ。

「ふふ……」

微笑を浮かべます。

おかしい。

ええ、とってもおかしいですわ。

どうしてわたくしたちは、そんな些細(ささい)な日常を今まで楽しむことができなかったのでしようか。

彼一人がいるだけで、こんなにも変わるなんて。

本当に、おかしな話ですわ。

「む。アリアーヌってば、余裕の笑顔ねっ！」

「むむむっ！　まさか、私たちが知らないリードがあるとかですか……っ⁉」

「ぼ、ボクは正妻だから余裕だけどね！　うんっ！」

「ふふ。実は、レイに手料理を目の前で振る舞ってもらいまして」

「「——く、詳しくっ‼」」

そうですわね。

お話をしましょう。
もっと、もっと、わたくしたちは語り合うべきなのでしょう。
お互いの心に、こうして触れ合っていくのでしょう。
わたくしたちは、友人。
かけがえのない、友人ですわ。
この友情の果てには、何が待っているのでしょうか。
それはきっとこれから、この先の未来の中で知っていくのでしょう――。
チラリと窓越しに外を見ると、深々(しんしん)と雪が降ってきていました。
雪景色。
まるで、雪化粧をしていくかのように、世界は白く染まっていきます。
もうすぐ、聖歌祭(せいかさい)が近づいてきます。
真っ白な世界の中で、わたくしは何を思うのでしょうか。
レイたちと共に、進んでいくことができるのでしょうか。
いえ。きっと、そうですわね。
一波乱起きるのは、間違いないでしょう。
人の心を知り、人を愛することで、わたくしはもっと大きく成長していくと思います。
人は一人では生きていけない。

今回の大会で、わたくしは大切なことを知ることができました。
この先、辛いこと、悲しいこと、苦しいこと、いろいろと待ち受けていると思います。
でも、それでも前を向いて進んでいきましょう。
これからも、大切な人たちと共に。
わたくしたちにはきっと、確かな未来が待っているのですから——。

エピローグ2　追憶の空

俺はたった一人でこの寒空の中、歩みを進めていた。
大規模魔術戦(マギクス・ウォー)も無事に終了し、本格的に冬がやって来た。
曇天の空を見るからに、いつ雨が降ってもおかしくはなさそうだった。
花束を抱えて、俺はある場所へと向かっていた。
「……久しぶりだな」
たどり着いた。
見渡す限りの墓が、そこには広がっていた。
前来たのは確か、入学する直前だったか。
あの時は、あいつに報告をするためにやって来たんだったな。
今日はちょうど、時間があったので話がしたかった。
もうずっと彼とは話をしていなかったから。
歩みを進める。
花束を墓に添えると、両手を合わせて目を瞑(つむ)る。
目を開けると、ポツポツと雨が降り始めていた。

あぁ。

確か、ハワードの葬式の時もこんな空だったか。

「ハワード。俺は――」

否応(いやおう)なく想起される記憶。

冬。

冷たく降り注ぐ雨。

そして、緋色(ひいろ)に染まる凄惨な記憶。

人間の尊厳などありはしなかった戦場。

どうして人は戦うのか。

どうして人は殺し合うのか。

どうして俺はまだ生きているのか。

そんな問いを、未(いま)だに俺はしてしまう。

ふと空を見上げる。

確かあの時の空も、こんな空だった気がする。

思い出す。

在りし日々の記憶を。

そして、数多くのものを失った悲しき過去を。

どうして俺が、今のレイ＝ホワイトになったのか。
その記憶が脳内に巡っていく。
まるでこの鈍色(にびいろ)の空は、追憶の空と形容すべきものだった——。

あとがき

初めましての方は、初めまして。一巻から続けてお買い上げくださった方は、お久しぶりです。作者の御子柴奈々(みこしばなな)です。星の数ほどある作品の中から、本作を購入していただきありがとうございます。

ここから先はネタバレになりますので、まだ本編を読んでいない方はご注意ください。

四巻は、ついにレイが表舞台で活躍することになりました。

今までは裏の方でいろいろと問題を解決していましたが、ヒロインたちと共に団体戦で戦うことに。

やはり一番のポイントは、レイ対ルーカスの戦いでしょうか。ただし、それほどガッツリと戦うわけでもなく、お互いに直接戦う相手は別となりましたが。

アリアーヌも自身の恋心を自覚し、それに加えて新キャラであるオリヴィアも登場することになりました。

オリヴィアはレイと過去にいろいろとありましたが、その件もいずれ触れていきたいと思います。

四巻は友情をテーマとしており、私としてもやりたいことがしっかりと出来た内容でした。執筆にあたって三巻ほど苦しむことがなかったのは、刊行ペースを見てもらえれば分かると思います（笑）。

話は変わりますが、ずっとここ最近ウーバーイーツを頼んでいまして……。

便利で素晴らしいのですが、カロリー的にはちょっと困りつつ……。

いやぁ、でも松屋のご飯が美味しすぎるんですよねぇ。

理解してくれる方はいると思いますが、松屋は本当に米が美味しいんです！　いや、本当に！

気になる方は、松屋の丼ものではなく、定食を注文してみてください！

と、松屋を無限リピートしている私も反省したのか、ついにウーバーイーツの頻度をかなり減らすことに成功しています。

代わりに、今の季節なので鍋ばかり食べていますが（笑）。

私のお気に入りはキムチ鍋ですね！

あの辛い感じが、最高に美味しいです！

思えば、春から夏まではウーバーイーツで、秋から冬は鍋ばかり食べていますね……まさに無限ループ。

しっかりと自炊できるようになりたいですね。

どうか、次回のあとがきにてご期待ください！

謝辞になります。

梱枝（こりえ）りこ先生。今回も本当に素晴らしいイラストの数々、ありがとうございました。いつも通り、最高に可愛かったです！

担当編集の庄司（しょうじ）さんには、大変お世話になりました。いつもありがとうございます。

現在、コミックスの進行が早く、すでにもう六巻まで出ております。原作小説はすっかり抜かれてしまいましたが、こちらも頑張っていきます！

次巻はついに過去編突入です。レイがどのような人生を歩んできたのか、かなりのボリュームになると思いますが、ご期待ください。

それでは、また次巻で！

二〇二一年　十月　御子柴奈々

あとがき♥
4巻ご購入
ありがとう
ございます♥
アリアーヌ
めっちゃ
かわいい…♥

公式アプリ
「マガポケ」にて
大好評
連載中!

ファンレター、
作品のご感想を
お待ちしています。

あて先

〒112-8001　東京都文京区音羽2-12-21
(株)講談社ラノベ文庫編集部 気付

「御子柴奈々先生」係
「梱枝りこ先生」係

より魅力的で楽しんでいただける作品をお届けできるように、
みなさまのご意見を参考にさせていただきたいと思います。
Webアンケートにご協力をお願いします。

https://voc.kodansha.co.jp/enquete/lanove_123/

講談社ラノベ文庫オフィシャルサイト

http://lanove.kodansha.co.jp/

編集部ブログ http://blog.kodanshaln.jp/

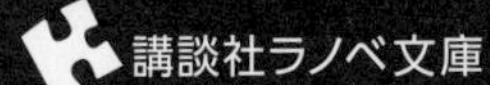

Webアンケートにご協力をお願いします！

読者のみなさまにより魅力的で楽しんでいただける作品をお届けできるように、みなさまのご意見を参考にさせていただきたいと思います。

◀アンケートページはこちらから

アンケートにご協力いただいたみなさまの中から、抽選で

毎月20名様に図書カード

（『銃皇無尽のファフニール』イリスSDイラスト使用）

を差し上げます。

イラスト：梱枝りこ

Webアンケートページにはこちらからもアクセスできます。

https://voc.kodansha.co.jp/enquete/lanove_123/

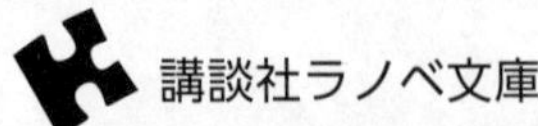

氷剣の魔術師が世界を統べる4
世界最強の魔術師である少年は、魔術学院に入学する

御子柴奈々

2021年11月30日第1刷発行

発行者	森田浩章
発行所	株式会社　講談社 〒112-8001 東京都文京区音羽2-12-21
電話	出版　(03)5395-3715 販売　(03)5395-3608 業務　(03)5395-3603
デザイン	百足屋ユウコ＋石田隆（ムシカゴグラフィクス）
本文データ制作	講談社デジタル製作
印刷所	豊国印刷株式会社
製本所	株式会社フォーネット社

KODANSHA

ISBN978-4-06-526059-3　N.D.C.913　303p　15㎝
定価はカバーに表示してあります